早安，欧巴（简体字版）

Love in Korea (A novel in simplified Chinese characters)

B杜

British Library Cataloguing-in-Publication Data. A CIP catalogue record for this book is available from the British Library.

ISBN 978-1-913080-47-1 (ebook)
ISBN 978-1-913080-46-4 (print)

 Created with Vellum

For my Family

第一章/我叫金圆圆

我叫金圆圆，金圆圆就是我，认识我的人通常喊我"包子"，这还算符合实情（后面会解释），听起来也不那么逆耳，毕竟这世上还有"小"包子的存在，但其他绰号诸如肥圆、月半、猪头、肉墩、卡门、五花肉……这也太不友善了。表面上我乐呵呵地一笑而过，背地里则偷偷饮泣，我才十七岁，也会幻想和做梦，但现实总以痛吻我，在无数次的减肥失败后，我进行报复式的自弃（吃得更多），反反复复的结果，我成了**190斤**的大胖子。

艺术家安迪·沃霍尔曾说过每个人都能成名**15分钟**，显然这句话不适用在我身上，因为我成为学校的风云人物由来已久，早超过**15分钟**。本来聚光灯有望在暑假过后转移，因为高一新生中有一位学妹比我还胖（这让我稍感欣慰），无奈班上来了一位转学生，还是中韩混血儿，脸蛋漂亮不说，身材还火辣，虽然被包裹在保守的校服里，但那呼之欲出的一对半月球还是不免让人想入非非。

有了西施，怎么可以少了东施当陪衬？于是我又成名了，虽然这不是我想要的。

"圆圆，吃完早餐给卖菜大婶儿送几个包子去。"母亲对我说。

"又送？怎么自己不过来拿？"

"她忙嘛！妳反正要上学。"

我家开的圆圆包子铺就在农贸市场旁，不仅大妈大叔买完菜会捎上几个，连进驻的商家也会光顾。客人纷至沓来本是好事，但我极不愿意当外送员，因为这位卖菜大婶总喜欢揶揄我，还说我若找不到老公，配她儿子正好。

呸！她儿子长得尖嘴猴腮，个子也不高，成天还游手好闲，我就算单身一辈子也不会嫁给这种人。

于是我磨磨蹭蹭，直到上课快迟到才心不甘情不愿地拿上包子走出家门。

"圆圆呀！妳好像又胖了，胖了好，有福气！"卖菜大婶看到我很高兴，把眼睛笑成弯月型。

"没胖，我还减了两斤。"

语罢，一个比我矮半个头的男子噗嗤一笑，我问他笑什么？

"瘦死的骆驼比马大，妳就是那只骆驼。"

"干你何事？"我瞪他一眼，"胖还能减，矮就没辄了。"

他愤而责问他妈："这就是妳的儿媳妇人选？**Oh my God**！不说还以为怀孕两三个月了。"

四体不勤加上一天吃足五餐，我的小腹自带游泳圈是不争的事实，但说我怀孕实在侮辱人，我还是待字闺中的黄花大闺女呢！

"道不同不相为谋，让一让，我上学去了。"

说完，我从狭窄的走道硬挤出去，差点儿让那个矮个子男人跌个狗吃屎。

有人曾经问我是怎么把自己吃成一粒球？话说我也瘦过，和大部分的同龄女孩相差不大，如果不是因为人生的第一片披萨太过美味（到现在它仍是我最钟爱的食物之一），我不会放纵口欲，并且一发不可收拾。

既然话都说到这里，我索性公开自己的饮食"日"记（毕竟话说到一半挺难受的）。

一天的揭幕往往从包子开始，我家开包子铺，占尽天时地利人和之优势，我能在十分钟之内消灭一整笼二十来个包子。即使不吃包子，四周围也有很多早餐店，举凡面包、粥、饼、油条、鸡蛋、麻团……你想得到的我都吃过，搭配豆浆、米浆、牛奶、果汁等，让我一天的开始充满活力。

可惜我的活力在中午到来前便会消耗殆尽，所以我还得在课间休息时间补充能量，可能是几包饼干或薯片，至于最爱的午餐时间，只要钟声一响，我立马奔向学校大门，因为母亲已经在那里等候。

"圆圆，有没有好好学习？快高考了，吧吧拉、吧吧拉……今天给妳准备**XX**，别吃太多。"母亲三申五令完，交给我一个布袋，沉甸甸的。

这个**XX**是代入式，可能是红烧牛肉，也可能是炖猪蹄，不管是什么，绝对不会只有一种。

我高兴地提着布袋回教室，然后把母亲的爱心摊在桌上，接受同学们的赞美或……取笑。

母亲要我别吃太多，但米饭就装了两盒，菜有五、六样，加上饭后水果，我怎能不胖？

下午的活动比较难捱，因为有体育课，老师还特别喜欢虐待人，动不动就跑操场，为了弥补失去的体力和水分，我不得不到小卖部买几瓶汽水和零食，毕竟离放学时间还有一段距离。

等五点半的钟声一响，我一马当先冲出去，校门外的流动摊贩已经开始营业，他们都是底层的劳动人民，如果不光顾，会有罪恶感，所以我责无旁贷地买个烤冷面或炸糕吃，聊表心意。

到了晚餐时间，母亲照旧要我别吃太多，但爷爷奶奶的盛情难却，我把他们夹给我的饭菜通通吃光光，换来他们满意的笑容。

好不容易熬到十点，我收拾好课本准备睡觉。专家说上床前喝杯牛奶有助睡眠，我是好孩子，除了牛奶，还会搭配几片饼干，让一天圆满结束。

看！我吃的真的不多（有些还是被迫吃下），会过重真是太奇怪了，看来我是属于"喝水也会胖"的体质，怨不得人！

～

北方有佳人，绝世而独立。

一顾倾人城，再顾倾人国。

宁不知倾城与倾国？

佳人难再得。

不知汉代李延年在创作这首《佳人曲》时心中是否有原型，我反正觉得挺像班上的转学生，同样美得倾城倾国，而且名字还对上了。

"我叫金佳人，**Kim Ga In**，父亲是韩国人，母亲是中国人，就这样。"

她的自我介绍非常简短，也正因如此，予人想像的空间就非常巨大，各种奇葩都有，最新版本是她的父亲在威海市中心开了一家整型医院，年收入好几千万。

这种说法实在太太太……不靠谱了，年收入好几千万的家庭会把女儿送进菜场高中？

在美女面前，我自然相形见绌，而且为了避免画面不协调，我刻意与她保持距离，所以开学尽管已经一个多月，我还没和她讲过话，但这不表示我没关注她，事实上，我可能是最关心她的人，她的一颦一笑深刻在我脑海里，大到发型，小到表情控制，我照单全收，而且不由自主地模仿她，仿佛这样就能离幸福近一些（对我而言，变美等于达到人生巅峰，没有什么比这个更美好的了）。

我是在一个星期日的早上第一次和女神说上话，本来被母亲唤醒多少带着起床气，一见到佳人，气没了，我反倒有躲起来的冲动。

"芸豆包子里有什么？"她问。

"有芸豆，还有……猪五花。"

"那么一个芸豆、一个羊肉、一个海菜、一个酱肉。"

我笨手笨脚地把她要的包子夹进塑料袋里。

"怎么有五个？"

"现在买四送一。"

她给我六元，转身走了。

其实哪有什么"买四送一"活动？我不过是想让她开心，连包子个头我都挑大的。

自从那次"世纪会谈"后，她常上我家买包子，如果我在，她总能多得一个；我若不在，肯定没这个优惠。我猜想她也留意到了，因为她开始对我发出善意的讯号（譬如微笑或道早安），但也仅此而已。

美女的高傲及惜字如金挑起我的好奇心，她为什么总是郁郁寡欢？是不是有什么秘密？

日积月累的结果，我越发焦躁，因为她是另一个我（我想活成她的样子），既然如此，我又岂能坐视自己深陷泥潭中？于是在一个周末的早上，当她买完包子后，我像个侦探似地尾随其后。

第二章/神秘的班花

金佳人的反侦查能力很强，好几次我差点儿跟丢，还好我手脚快，不一会儿工夫又跟上，继续和她保持约五十米的间隔，这个距离不长不短，方便我研究她的背影。

今天是周末，不用穿校服，我们的班花一如既往地穿上她的白衬衫，底下则是蓝色牛仔短裤加黑色板鞋。我发现白衬衫是她的最爱，其他可以是任何组合，正因如此，我有样学样地买了好几件白衬衫，有紧身的，也有宽松的；有丝质面料的，也有百分百全棉的，但怎么穿都没人家好看，那种潇洒自在的样子，我怎么也学不来。

回到现实，我正鬼鬼祟祟地跟踪人，但越走越纳闷，她怎么往东去？

我家住在威海高区，距市区三公里，风景秀丽，有个农贸市场，购物还算方便，就是海风比较大，学校也不咋地，但金佳人没往别墅区走（有钱人时兴在海边买个别墅，但空置的时间居多），反而走向文化中路的小商品市场，光走路就走了近一个小时，现在我知道她的好身材是怎么来的了。

左拐右绕后，我终于跟随班花来到一个约十平米左右的铺子。她进去后，一个脸面浮肿、头发稀疏的女人走了出来，手里拿着一袋包子，我家的，塑料袋上有红色字体——圆圆包子铺。

"欢迎！"那女人看见我，立刻点头示好，并且做了个"请进"的动作。

这下子我骑虎难下，只好硬着头皮走进去。

"Hi."我尴尬地和里面的女子打招呼。

"妳跟踪我？"她面带不豫。

"不是……是……"我很窘迫，"对不起，我回去了。"

她唤住我，然后拿出一件格子衫让我试试，可惜再怎么用力，扣子还是扣不上。

"韩版的偏小号，我以为这个可以。"她惋惜地说。

"没关系，我都上大码店买，那里的号全。"

我的同学不甘心，蹲下去往纸箱里掏啊掏，掏出一条银色腰带，上面的假钻很闪亮。

"妳若喜欢，我可以帮忙打孔。"她说。

我把腰带往腰上一系，还好，尚有四指宽的额外长度。

"这个我喜欢。"我答。

于是金佳人坐下来，拿出打孔器和锤子，三两下就打孔完毕。

我问她多少钱？她答母亲多吃了我家的包子，免了，算是两清。

"那位就是妳母亲？"我转头看坐在门口的女人。

"嗯！很像女明星**Park Min Young**，对吧？可惜得了甲减，激素吃多就成满月脸，头发也掉了好多。"

我不知道谁是**Park Min Young**，但肯定是个美女，明星还有不美的吗？

"妳妈生病还工作？妳爸呢？"

她冷哼一声："我爸不知道正在为哪个爱美的女人动刀。"

原来金佳人的父亲真的开了家整型医院，还是院长，底下有好几名医生，月入几亿韩元不成问题，只是医院的地址不在威海市中心，而在韩国首尔的狎鸥亭洞，那里有"整形一条街"的称号。

我正想打破砂锅问到底，两个小女生走了进来，后面跟着金妈妈，眼看十平米大小的空间就要饱和，我借口上英文补习班，拿起腰带走人。

～

台上老师口沫横飞地讲课，原来胖子的单数是**fatty**，複数是**fatties**，再胖点儿可以说**butterball**（奶油球），更胖的话就说……

"**Yuanyuan.**"某个男生喊我的名字，顿时哄堂大笑，屋顶都快掀了。

我感觉耳根发烫，恨不得挖个地洞钻进去。

那个瘦高的男老师好不容易才把场面控制住，咳嗽两声后，他持平地表示金圆圆不胖，顶多算丰满，英文便是**plump**或**chubby**……

"老师眼瞎了不成？"

不知从哪里蹦出来这么一句，话说得很轻，但全进耳朵里去。完了，这次更加疯狂，仿佛全民的狂欢会，眼看老师就要招架不住，我起身离开教室，不给老师添麻烦。

有句话"胖子都是潜力股"，回家后我揽镜一照，深有同感。不论"眉似远山不描而黛，唇若涂砂不点而朱"还是"肌如白雪，齿如含贝"，都与我相距不远，差就差在体重上，如果我能瘦一点儿，谁说我不是顾盼生辉的美人？

"哼！都是一帮眼光短浅的臭男生，哪天老娘瘦下来，你们给俺提鞋都不配！"我阿**Q**式地想着。

～

知道金佳人有个有钱老爸后，我心中的疑惑更加深了，她怎么就读公立高中（还是个三线城市的非重点学校）？还有，她母亲生病还守着个小店铺，嘴里吃的是一块五一个的包子，这是什么神仙操作？

若说她谎话连篇也不像，因为这个转学生自带光环，身上的富家气质躲也躲不掉，尤其看她讲英语，天哪！跟美剧《老友记》里的人一模一样，让我这个讲纯正中式英语的人甘拜下风。

趁着课间操刚结束，我蹭到她身边，问："妳的英语在哪里学的？"

"首尔的国际学校，为了读这个，我爸还塞了钱，因为只有拿外国护照的学生才能在国际学校就读。"

"这么说妳拿的是韩国护照，但为什么妳的普通话也说得这么好？"

"韩国父母时兴让孩子学汉语，我妈尤甚，因为她的韩语说得不好，如果我不会说普通话，等于切断母女间沟通的管道。"

我还想继续挖，班上的体育委员潘安走上前来代传圣旨："**Ja-gi-ya**，班主任找妳思密达。"

人走远了，潘公子还看直了眼，魂仿佛被勾走了似。

"恶不恶心？喊人宝贝儿。"我翻了个大白眼。

他答金佳人是他的理想型，不喊宝贝儿喊什么？难道喊肥婆？

虽没指名道姓，但我自动对号入座，这个"肥婆"二字肯定是送给我的。

"臭小子，竟敢老虎头上拔毛，找死吗？"说完，我推他一下。

我发誓只是"稍微"推了一下，没想到他就倒地不起，这也太夸张了吧？

果然放学钟声还未响起，我又多了个绰号—灭绝师太+2。

灭绝师太是金庸武侠小说里的人物，性格刚烈、出手极狠，至于"+2"……无非说我胖呗！三个师太排排站，体型还不够壮硕吗？

我气呼呼地回家，忘了光顾校外的流动摊贩，不过这个遗憾在晚餐时间成功弥补过来，我不仅多吃了一碗白米饭，还把剩余的肉汁淋在上面，香滴啦！

第三章/奇迹

我们的班花英语能力顶呱呱，但其他科目就不忍直视，不仅中文字写得歪歪扭扭，历史更是不行，能达到"问今是何世，乃不知有汉，无论魏晋"的地步，如今离高考只剩不到六百天，她要如何应战？

不止我有疑问，很多人也有此疑问，只是不好意思开口，毕竟我们学校连三本都进不了的比比皆是，自己都烂到骨子里，还有脸问？

不过这道谜题的答案最终还是由我们的语文老师给揭晓了，趁着发第一次期中考试成绩，他除了夸奖金佳人的中文有进步外，还顺便告诉我们外国学生参加中国高考有优惠（考的是不一样的卷子），基于这个前提，我们学校有望在一年后迎来第一位考进北大或清华的学生。

此话一出，哀嚎声四起，我也位列其中（寒窗苦读十余载，不若一本外国护照，还有比这个更惨的吗？）。

想起前几天家母说过的话，我更加心塞。

"圆圆呀！妳若没考上某某大学，不如早早外出打工，反正大专文凭也没什么含金量。"母亲说。

某某大学在全国排行榜上算垫底，可见我妈对我有多宽容。饶是如此，我也没把握真的能上鸡肋大学，所以挺认真地思考高中毕业后去哪里打工。

没想到我这厢还在考虑南下或北上赚钱，金佳人那厢却在考虑该拒了北大还是清华，明明都是人，怎么差这么多？

"金圆圆，妳这次的语文成绩怎么差这么多？晚上兼职去了吗？"

我们的语文老师长得方头大耳，笑起来像弥勒佛，看似无公害，其实最爱开黄腔，什么挤公交能挤怀孕、最喜欢看女学生吃香蕉、汗毛长性欲强……等，把班上的男同学撩得群情激昂，女同学则个个低下头去。谁能想到，今日他竟然将矛头指向我，我也不知哪根筋不对，决定对他晓以大义。

"老师，"我站起来，"你不觉得在课堂上讲这话很不合适吗？"

"有什么不合适？兼职有很多种，思想肮脏者才会想歪。"

思想肮脏？这说的是谁？我立刻反击："前几天你讲的洞房花烛夜算不算思想肮脏？"

"洞房花烛夜是人生必经阶段，有什么肮脏？妳这个女孩到底是怎么回事？少了阴阳调和吗？"

底下男同学嘿嘿嘿地笑。

我还没来得及发火，班花站起来要老师向全班女同学道歉。

"道歉？道什么歉？妳别被班上的航空母舰给带偏，老师对妳的期望很大，别让我失……"

他的话还没讲完，我们同时听到录音："……呵呵！男女为什么要结婚？男的想通了，女的想开了……"

老师的笑容顿时僵住。

"咳、咳、上课还使用手机，明显违反校规，下课后金佳人到办公室找我。妳们二位可以坐下，我们今天上楚辞，楚辞是……"

老师没有道歉，但我和金佳人都坐下了。当下课钟声响起，我立马跑向为我仗义执言的正义之士。

"我陪妳去办公室。"我说。

"不用。"她冷漠地答，然后义无反顾地走出教室。

我的心因此七上八下，还好在下堂课开始前，我们的班花早先一步进教室，同时把一张A4纸放在第一排第一张桌子上。

当纸条传到我这里时，我噗嗤一笑。

"金圆圆，笑什么？"数学老师向我投来询问的眼光。

我答没什么，正打算把纸条神不知鬼不觉地扔进抽屉内，没想到老师的动作比我还快。

"我郑重向二年三班的女同学致歉，并且承诺以后会更加谨言慎行。丁老师，X年X月X日。"数学老师念完，问我这个丁老师是谁？

让我先解释一下，我们的语文老师和数学老师是全校惟一一对夫妻档，老公长得像弥勒佛，老婆却完全"逆"着来，不仅长相没那么和霭可亲，还一身邪气，像极了电影《倩女幽魂》里的树精姥姥。

"咳、咳、"我清了清喉咙，"学校姓丁的老师只有一位，所以……妳猜！"

话一说完，班上男同学拍桌子鼓噪，间接表扬我的机智。

数学老师瞪我一眼后，把纸条塞进自己的裤袋内，一直到下课，她都没笑过。

接下来的每一堂语文课，我们的丁老师仿佛换了个人似的，正经八百地宛如央视新闻主播。

～

"黄腔事件"后，我对金佳人的好感又加深了。别看我长得白白胖胖，像个软柿子，其实内心深处是个正义使者，所以一旦遇到同样真性情的人，恨不得把心都掏出来送给人家。

"我们都姓金，五百年前可能是一家，我感觉我们本该就是亲姐妹，只是阴错阳差投胎到两个不同的家庭里。"我面对大海发表感言。

"妳真这么想？"金佳人弯腰拾起一个贝壳，"如果当真，我们结拜如何？"

学校已经有几对结拜姐妹，无非趣味相投，感情好到不分彼此，索性义结金兰。没想到现在也有人想和我结拜，还是班花。

"好呀好呀！怎么结拜？"我兴奋地问。

"我用贝壳在妳我的手指上各划开一个小口，当妳的血和我的血混合后，我们互相叩首再跪拜天地，仪式就算完成。"

听起来很诡异，但我没多想，毕竟能和心目中的女神结拜是求之不得的事，哪有拒绝的道理？

于是当下我们便互许"吉凶相救、福祸相依、患难相扶"的誓言。

说来真不可思议，当我的血和她的血混合后，海的那一端突然吹来一阵凛冽的风，伴随低吼的雷声，我全身起了痉挛……

半年后我才明白，原来这世上真的有奇迹。

第四章/意外的邀约

全校学生像看"美女与野兽"一样地看着我和金佳人，尤其当我们走在校园内，我总能发现三三两两窃窃私语的三姑六婆和长舌公。

"妳介不介意？"我忍不住问我的好姐姐（金佳人比我大两个月）。

"介意什么？"

"介意我比妳胖也没妳漂亮、介意我将来也许只有高中文凭……"

她承认我是比她胖也没她好看，同时还是个大学渣，**so what?** 她又不嫁我，有什么好介意？

此时班上的体育委员潘安走上前来，嘴里哼着歌：

十八的姑娘一朵花一朵花，

眉毛弯弯眼睛大眼睛大，

红红的嘴唇雪白牙雪白牙，

粉色的小脸粉色小脸赛晚霞，

啊！姑娘十八一朵花一朵花……

在他靠近金佳人之前，我果断横在当中，以防不测。

丑女，我是个丑女，

上帝造我欠考虑。

丑女，我只是个丑女，

三餐无肉也增膘，万种风情水桶腰……

潘安把《十八的姑娘一朵花》转唱成《我是个丑女》，让我怒不可遏。

"你说谁是丑女？"我双手叉腰质问。

"啧啧啧！"他上下打量我，"撞衫不可怕，谁丑谁尴尬。"

他的回答貌似无厘头，其实大有来历，让我替你捋一捋。

我们这所菜场高中的大学升学率一直是历届校长的一块心病（据说每届校长接任时都信誓旦旦地表示要大刀阔斧一番，最后都夹着尾巴走了），唯一让他校羡慕的就只剩下可爱的女学生校服。没错，我们学校以"水手服加百褶裙"作为校服（冬天则加上呢大衣及裤袜），女学生穿上后摇身一变成了日本漫画里的人物，可爱到爆！可惜不是所有穿上"卡哇伊"衣服的人最后都会变"卡哇伊"，好比我，怎么看都像多拉A梦里的胖虎妈妈，就差手里拿根白萝卜。

回到潘安说的"撞衫"，这个肯定指校服（校服还能不撞衫吗？），至于"谁丑谁尴尬"……这不是摆明了骂我？

"潘安，我警告你，你再诽谤我，小心我……"

"省省吧大姐，我这是陈述事实，哪是诽谤？"他转向金佳人，"对不对？**Ja-gi-ya.**"

老天！他又喊人"宝贝儿"，要不要脸？

只是这次"宝贝儿"的反应和往常不一样，她对潘公子左右开弓，巴掌印立马可见。

"金圆圆和我是结拜姐妹，对她不敬就是对我不恭，臭小子，听到没？"说完，她霸气地离开。

我看了一眼"受害者"，他仿佛得到"创伤后应激障碍"，一副"我是谁？我在哪里？"的傻样儿。至于我……当下对金佳人更加崇拜，除了她把我当"自己人"，让我心生感动外，我也进一步从真爱粉（尚有一点儿理智）进化到死忠粉（已经脑残），不讳言地说，此刻连她放的屁都奇香无比。

～

拜潘安的大嘴巴之赐，全校都知道我和班花结拜了，爱乌及屋的结果，那些原本对我充满恶意的臭男生转而对我阿谀奉承，无非要我代送表达爱意的礼物或早餐，当然，为了表示感激，我也会得到额外的惊喜，譬如小卖部的辣条或掌心脆。

有了金佳人这棵大树，我乐得躲在她的余荫下摇着蒲扇纳凉。

这一天，本校的校草学长竟然也依样画葫芦地交给我一个暗红色烫金字的包装袋。

"你怎么知道我就爱吃哥帝梵的巧克力？"我故意问。

"我的钱不够，为了买**Godiva**已经倾家荡产。"他另给我一个装满五颜六色巧克力的塑料袋，一看就知道是大卖场论斤卖的代可可脂制品，"这个请笑纳。"

收下"冰火两重天"的两袋巧克力，我承诺会帮他转交，顺便替他美言几句。

校草听完很高兴，诚心诚意地表示我是他见过最心善的"微胖"女孩。

他用"微胖"形容我，可见对金佳人上了心，因为明眼人都看得出来我比"微胖"还要胖上不止一星半点。

我心情复杂地走回教室，然后把那袋学长爱心摆在我的好姐姐桌上。

"又是谁送的？"她问。

我答学长顾源庆。

金佳人叹了口气，把袋子递还给我。

"不会吧？这个妳也不要？他可是校草，好多女生暗恋他喔！"

"和好的比，其他都是狗屎。"

和好的比？莫非她已经有喜欢的人？

在我的软磨硬泡下，金佳人承认的确有这么一个人，是在首尔的国际学校认识的，当时出于某种高傲的理由，她选择无视，现在想想很后悔，也许这辈子再也见不到他。

"他是韩国人吗？"我问。

"算韩裔吧！父母都是韩国人，不过他有美国护照，所以能入读国际学校。"

我嗤之以鼻，小韩国算什么？哪有我天朝人民大气？她就应该选个中国男友，好比顾源庆，五官端正，人还……善良。

金佳人问我收了人家什么好处？怎么帮起腔来？看来这个礼物不小。

其实在替两人牵红线的同时，我心里挺难受的，因为……因为我也暗恋学长，他笑起来很像我最喜欢的韩星—李敏镐。

"妳怎么了？脸好红。"她说。

"哪有？是……是天气热的关系。"

已入寒冬，我却说天气热，没看过像我这么口拙的人，连借口也找了个四不像。

"既然天气热，放学后来我家，我家有冷气。"她说。

这是第一次班花邀请我去她家，代表我们的关系又近了一步。

"好呀！放学后我们一起走。"我高兴地答。

第五章/鲅鱼饺子

我家住在威海高区的农贸市场旁，是一栋百年木造老屋，据说我的祖上也曾发达过，可惜只留下破烂房屋一栋。其间虽经小修小补，但风吹雨打加上生活恶习难改，很快又呈破败景象，惟一的优点就是前院够大，方便做点儿小生意（现在我们一家五口就靠卖包子为生），也算是老祖宗为我们留下的一条活路，万万没想到漂亮得如同时装模特儿的金佳人住得比我还差。

"这里以前是鞋厂的员工宿舍，喏！那个红屋顶据说就是工厂。"金佳人指着窗外白雪皑皑中的一抹血色说。

"这窗子也太不严密了，"我拍打一下褪了色的墨绿色窗框，"看！空隙这么大，晚上睡觉不冷死了？"

我的好姐姐随即拿出一本旧杂志，撕下后堵住那些"风口"。

"好多了，不是吗？"她问。

搞得我不知做何反应，想说安慰的话嘛！她好像也没当苦难一回事；想和她一样甘之如饴嘛！我又假装不了，因为环境真的满恶劣的。瞧！不仅冬天有"免费"的冷气吹，墙面还坑坑巴巴，连家具都是克难式……但怎么看居住其中的金佳人都像一位落难公主，就是那种即使睡在超高床垫上，依然能分辨出底下压着一颗豌豆的人。

"跟我讲讲妳在首尔的生活吧！"我坐了下来，还因椅子太过单薄，差点儿毁了它。

金佳人好心地让我坐在床上，虽然床体是简易的木板床，但看起来很坚固，所以我不客气地坐上去。

"妳说首尔啊！"她坐在那张差点儿被我坐断的椅子上，"都说首尔的富人区在江南，但最贵的房其实在江北梨泰院的别墅区。再告诉妳，我看过三星长公主李富真，本人比电视上看到的要瘦小些。"

听说韩国人一生无法避免三件事：死亡、税收和三星，可见三星集团财大业大。金佳人提到看过三星家族的人，莫非她也曾住在梨泰院别墅区？

她答住是住过，但房子不是买的，而是每月花两千多万韩元租来的，因为她妈妈是小三，所以即使她爸在江南有一个复式公寓，但为了不惹爷爷奶奶生气，他们一家三口还是在外面租房子住。

听完，我吓得目瞪口呆，这么不光彩的事却被金佳人毫无扭捏地说成"隔壁老王家的事"，真是一绝！

"妳爸的原配呢？她没意见？"我问。

"或许有意见，但天高皇帝远，也只能睁一只眼闭一只眼。"

"天高皇帝远？她不住在首尔？"

"嗯！她和我的……姐姐长期住在加拿大。说来真可笑，我爸的大老婆就是因为生女儿被嫌弃，一气之下出国去了，这才让我妈有空子可钻，没想到生下的又是女儿，爷爷气得差点儿中风，因为超声波检查一直显示我是带把的。本来我两三岁时可能会有个弟弟或妹妹，但被我妈不小心流掉了，后来就再也没怀上，爷爷奶奶为了此事没少埋怨过母亲，还好我们平常很少见面，大大减少了磨擦。"

我问既然正宫默许了，为什么他们母女俩还会离开韩国？

她答自从母亲患病后，容貌大不如前，脾气也变差，此时小四出现还一举得男，她爸就想拿钱买断和她母亲的关系，可是她妈不同意，死缠烂打还闹到公司，她爸也够狠的，直接把人送进精神病院（当时她住校，不知道有这么可怕的事情发生）。等人救出来，她妈还真有点儿不正常，老说有人要害她。就在一次与父亲的剧烈争吵后，她赌气带着生病的母亲回国，心想再怎么着也不致于饿死，没料到没钱的日子这么难熬，即使把手饰卖了也是杯水车薪。

"妳太难了，我相信只要肯低头，妳父亲不可能见死不救。"我说。

"我才不！当初母亲就是信了他的花言巧语，即使断绝与原生家庭的关系也要跟着他，如今父亲有了新人忘旧人，小四打败小三，可笑不可笑？想起从前父母恩爱的画面，原来只是梦一场，我恨不得啃其肉、喝其血，哪有反过来示弱的道理？"

知道自己的好姐姐如此不幸，我忍不住悲从中来。

"妳怎么了？"她问。

"没什么，大概肚子饿了。"

她又问我是不是逢肚饿就会忧郁？

其实不是这样的，我顶多吃双份来平复心情，但如此一来就无法解释我为什么会突然感伤了。

"是的，肚子饿好像蚂蚁在身上咬，痛苦得不得了。"我答。

"那还等什么？我请妳吃楼下的鲅鱼饺子，走！"

想到皮薄馅多的鲅鱼饺子，口水差点儿流出来，但再想到金佳人的经济拮据就不好意思蹭吃蹭喝，于是我很客气地表示自己只吃十个垫垫肚子，因为家里人还等着我回去共进晚餐呢！

第六章/隐形富豪

原本只想吃十个饺子垫垫肚子，但看到小菜不错，我又拿了腐竹拌芹菜、皮蛋豆腐和香辣笋丝。

"吃饱了吗？"金佳人问。

虽然胃还有成长空间，但我回答已经饱了，因为不想增加请客者的经济负担，然而我的好姐姐不领情，她游说我吃花生豆花当饭后甜点。

想到此刻口腔充满大蒜味，叫个甜的中和一下气味也好（省得一张嘴就把人给熏死），于是我让泡开的花生及柔嫩的豆花一起滑进肚里去。

如果只是吃一碗豆花，问题不大，但我连续吃了五碗（可见有多么美味），完全忘了当初自己只想"垫垫肚子"的初衷。

"那个……"我掏出口袋里所剩不多的零钱，"明天我请妳吃校外的铁板鱿鱼。"

金佳人把我手中零星的铜板给推回去，说："难得请自己的妹妹吃饭，妳甭客气了。"

就因为她说了贴心话，步出饺子店后，我不由自主地往
她身上靠。

"干嘛呀妳？"她问。

"想和妳当连体婴。"

她骂了一句"神经！"，但不介意与我在熙熙攘攘的人群中相
拥而行。

～

回到家，母亲喊我吃饭。

"不了，没胃口。"我答。

"没胃口？妳是不是生病了？"母亲摸摸我额头，"没发烧
呀！今晚我煮了妳爱吃的水煮牛肉，妳确定不吃点儿？"

想到麻辣味浓、滑嫩顺口的水煮牛肉，大大触动我
的敏感味蕾。

"好吧！就吃一点儿。"我勉为其难地答应。

没想到水煮牛肉实在太下饭，我连吞三碗白米饭，以致离开
饭桌时小肚子胀得宛如怀有五、六个月的身孕。

完了，这是要作死吗？

心情大坏的我早早上床去，又因翻来覆去没睡好，起床连喝
两大杯牛奶帮助睡眠，即使后来迷迷糊糊进入梦乡，我还能
感觉自己的肠胃在加夜班，咕噜咕噜的声音像鸣笛进站的老
火车，吵得我整夜不得安宁。

～

我家属于低收入户，但凭借独生女的优势，全家把我当小祖
宗供着，不仅十指不沾阳春水，每天还有固定的零用钱花

（相信我，在消费相对低位的四线小城市，一个吃住在家里的女高中生睡醒就有三十元钱好挥霍，那滋润不下小富婆一枚）。

"妈，我能不能预支接下来五天的零花钱？"我问。

"要那么多钱干嘛？"妈边答边把客人要的包子装进塑料袋內。

"我想请金佳人吃夜市牛排，昨晚她请我吃饺子，总得礼尚往来。"

威海东城路的老夜市向来有"小吃一条街"的美称，听说最近新开了一家牛排店，想到鲜嫩多汁的腓力牛排在铁板上嗞嗞作响，搭配意面、荷包蛋及西兰花，我连吞好几口口水。

"外面的东西既贵又不卫生，哪有家里做的好？让妳朋友周末过来吃火锅吧！"妈说。

我家有个百年历史的铜火锅，据说是祖先留下来的（总算除了破烂房屋一栋外，还有个实用器具可用，聊胜于无）。每到冬天，母亲总会把它从一堆杂物中找出来，用软布擦净抹干，然后涂上一层薄薄的豆油或花生油，不出意外的话，这个老古董会被我们使用到来年开春再束之高阁。

"好呀好呀！"我拍手，"冬天吃火锅最好，我相信金佳人也会喜欢。"

没料到我的好姐姐听到邀请后不若我欢喜，我的心跌落至谷底。

"我以为……算了，还是请妳吃别的吧！"我说。

"别误会，我喜欢吃火锅，星期六约的几点？"

"中午12点，妳知道我家，包子铺后面那栋就是。"我眉开眼笑地答。

～

我很少带朋友回家（事实上根本没有过，谁会想和一个穷胖子走得近？），所以当我把那个拥有盛世美颜的结拜姐姐带进门时，你可想见她有多受欢迎。

"小美女，都是一些粗食，妳可别嫌弃，多吃点儿哈！"说完，父亲夹了片肥瘦相间的五花肉到客人碗里。

爸说准备的都是粗食，这完全是谦虚的说法，量大就不提了，拜邻近农贸市场的便利，加上和商户都是几十年的老朋友，我家一向能以最低价拿到最优品质的食材。这可不，你瞧！酸白菜、猪五花、牛肉片、香肠、腊肉、鱼丸、牛肉丸、文蛤、三文鱼、银鳕鱼、真鲷鱼头、包心菜、菠菜、豆腐、木耳、干黄花、米线、海带……等，东西多到桌子都摆不下，不得不向邻居借来小型不锈钢食物架，这才勉强解决无处堆放的问题。

"是呀！瞧妳瘦的，风一吹岂不上天？还是多吃点儿，像圆圆这样福福泰泰的多好！"

说话的是我奶奶，在她眼里，我的一切堪称完美。

"没错，把这里当成自己的家，别客气。还有，以后我家的包子任意拿，以前不知道妳是圆圆的朋友，现在知道了，当然不收费。"爷爷紧接着开口。

"钱肯定得付。"金佳人小声地答。

此时一直默默在旁张罗我们吃喝的母亲终于得空坐下来，同时不忘开启"三姑六婆"模式。

"听说妳是中韩混血儿，韩国不好吗？干嘛跑来威海这个小城市？"妈问。

我出手相助，强调金佳人的爸妈好有钱，她是穷着玩玩，还有，外国人很忌讳问人家祖宗八代，所以……就此打住吧！

我以为我说的够明白，偏偏我妈不识相，问起金佳人可认识文化中路小商品市场卖韩版服装的老板娘？

"她是家母。"

母亲一听到答案，像得了失语症，连带父亲、爷爷、奶奶也不再说话。我的内心虽有疑问，但美食当前，很快便把家人的反常表现丢弃一旁。

饭后，父亲和爷爷到客厅抽三元一包的大前门，很自然地把善后工作留给家中女性。我虽然也是个女的，但假装没看见堆积如山的碗盘，强拉客人进我房间，很热心地给她看我从小到大的照片。

"妳的五官很标致，瘦下来一定好看。"看完照片，姐姐有感而发。

我也这么认为，但能怎么办？活该我有易胖体质，哪像她？人长得美，身材还苗条，这世界就是留给像她这样的人去挥洒青春……

金佳人要我别妄自菲薄，人生不到最后一分钟，难分输赢，何况我有个幸福的家庭，这是别人求都求不来的好运气。

"我？好运气？别寻我开心了！"我咯咯咯地笑。

"是真的，看得出来妳家人很宠爱妳，还有，光这栋房子就值不少钱，怎么不把它卖了？"

这栋破烂房子是祖先留下来的，说它让我们免去流离失所的恐惧，我信！但说它值钱，那真要笑掉大牙，如果我们是隐性富豪，估计方圆几百里内的人全是。

姐姐说她不开玩笑，这栋木造房子虽然破旧，但用的可是上好的金丝楠木，她爸爸就曾买下一个金丝楠木做的桌子，花掉等同一辆进口轿车的价钱，而我家却拥有一屋子的好木头，其估值绝对不会是个小数目……

哈哈！这大概是今年听到的最大笑话，原来我家富到流油，还有劳一个中文读写都有困难的外国人告诉我，真是滑天下之大稽！

"好，哪天我富了，我会买下妳父亲的整型医院，让妳当上名誉院长，好不？"我说。

"好，哪天我富了，我会买下妳父亲的整型医院，让妳当上名誉院长，好不？"我说。

第七章/疯女人

虽然我一再留客人吃晚餐，她还是坚决要离开。

"是不是得回去帮妳母亲看店？如果真是那样，我不留妳了。"我说。

看金佳人欲言又止，我告诉她卖衣服也没什么不好，世界上所有的巨富都源于销售，不论贝索斯、比尔盖茨，还是李嘉诚、马云，哪个不是卖东西卖出一片天？

"妳误会了，我对卖衣服没有成见，只是今天店没开，因为母亲……病了，我得回家照顾她。"

糟糕！金妈妈生病了，我还把她女儿叫出来，真是太不应该了。

"怎么不事先告诉我一声？早知道我就不约妳出来了。"我懊恼地说。

"没事，出门前母亲刚服完药，应该会睡个长觉，这时回去刚好。"

想到金妈妈喜欢吃我家的包子，我转身打包了两大袋让她带回家。

"多少钱？"她问。

"姐妹间还谈钱？太见外了！"

"那……谢了，改天请妳吃好吃的。"

我说好吃的免了，若真觉得不好意思，倒是可以"以物易物"。

金佳人问我能不能别兜圈子？她听不懂。

"照片，我想要那张妳站在油菜花田里的照片。"

我曾看过姐姐的手机照片，通通美到不行，但我独钟意这一张，除了女主角的笑容很治愈外，还有一个很隐秘的理由，那就是照片左上角意外出现一个男孩的身影（恰巧是我喜欢的那一型）。

"除了那一张，其他都可以。"她答。

"为什么那一张不行？我就喜欢那一张！"

可惜好说歹说，照片主人就是不答应，我只好退而求其次。

金佳人一听说我想要她的所有私人照片（除了油菜花田那一张外），吓坏了，问我为什么要那么多张照片？

"是妳说除了'那张'，其他都可以。"我有恃无恐，"当然，妳现在改主意还来得及。"

金佳人哀叹一声，回答今晚给我发照片。

～

我以为她会妥协，没想到头可断血可流，她依然不肯给我有大帅哥的那一张。

望着金佳人发过来的一百多张照片（从光屁股的婴儿照到现在的吾家有女初长成，琳琅满目），我忽然心生歹念，如果把它们卖给学校那群"癞蛤蟆想吃天鹅肉"的男生，我肯定能大赚一笔。

一有这个疯狂念头，我猛敲自己的脑壳，真是的，怎么可以背叛自己的姐姐？想钱想疯了不成？

是的，我可以背叛任何人，但不能背叛金佳人，我们是以天地为鉴，互许"吉凶相救、福祸相依、患难相扶"的结拜姐妹呀！

"卖照片求富"的想法虽然很快昙花一现，但这不表示我会"坐失良机"。

是这样的，长久以来我活跃于各大社交网站，连"警察叔叔帮流浪狗找主人"的新闻也要评论两句，然而即使踊跃发言，仍不敌美女受欢迎（头像不代表本人，但自有脑残者主动意淫，并进一步加强完善）。

我也曾想过盗用别人的照片，但找来找去找不到一张称心如意的。首先，名人照片皆不可用，用了也缺乏说服力，因为名人都忙着使自己有名，哪有时间上网论人是非？那么就只剩平民百姓的生活照了。

虽然我的身材有点儿……"抱歉"，但对"顶替者"也有要求，如果没达到90分（满分100），我宁愿不要。道理很简单，只要我瘦下来，差不多也能达到90分，既然这样，何必降格以求？

金佳人算是少数几个能达到90分的人，那么在我瘦下来之前，我不介意拿她的照片用用，果然……

相对以往拿动物、风景或静物当头像，如今真是不可同日而语。瞧！我一发言，立马收到四面八方蜂拥而至的彩虹屁。

· · · ·

"美女，这是妳的照片？哇噻！好像全智贤。"

"小姐姐，能加个微信吗？我是零零年的小鲜肉。"

"妳是哪个学校的？肯定是校花。拜托！别告诉我妳已经有男友。"

"圆圆？这是个好名字，让我想到明末陈圆圆，都是大美女。"

"能不能再多发几张照片？难得遇上一位天仙。"

"对对对，再多发几张让我们解解馋，因为秀色可餐嘛！哈哈！"

"网上有太多P过的网红脸，看了就想吐，妳是少数几个天然美女，能跟妳交个朋友吗？"

……

虽然使用他人照片"张冠李戴"的行为不光彩，但跟"照骗"有本质上的差异，至少我发的确有其人（而且没加工过），这让我多少不那么有罪恶感，反而乐观地以为这是在帮好友打知名度，所以网友一鼓噪，我又多发了两张，这次的惊呼声更高，把我捧成了童话故事里的公主，让我几乎忘了现实生活中的我有多么不堪。

看"首战告捷"，再想到手机内有那么多张美照（一天发一张，半年不带重样），我仿佛拥有一箱的金银珠宝，得瑟得很！

"嘻嘻！这假扮美女的游戏实在太好玩了。"我捂着嘴偷笑。

没料到我这厢忙着被"众星拱月"，母亲那厢却老扯我后腿，害我不得不中断好几次。

"妈，妳这样进进出出，我怎么学习？到时考不上大学可别怪我！"我开口抱怨。

本以为母亲会就此隐身，没想到她一屁股坐下，似有长谈的意味。

我索性关机（急死那帮色友），把目光投向母亲。

"我一听说妳朋友是中韩混血儿，心里嘀咕可别是传言中那个疯女人的女儿，结果怕什么来什么，真的中奖了！"

疯女人？金妈妈？太可笑了！她是生病了没错，但说人家发疯就太恶毒了。

母亲信誓旦旦地表示这不是空穴来风，几天前一个全身赤裸的女人在马路上狂奔，围观的人很多，录相还发到网上去，后来被人肉到是文化中路小商品市场卖韩版服装的老板娘，因为疯病，被韩国老公扫地出门，还连累到二八年华的女儿……

"不是这样的，金妈妈得的是甲减，不是疯病……"我嗫嗫地说。

"我不清楚什么是甲减？但妳朋友有个不正常的母亲，这是枚隐形炸弹，妳给我离她远点儿，省得惹祸上身……"

金佳人是我朋友，我惟一肝胆相照的朋友，母亲怎能说出这么残忍的话？

"够了，除非我死，否则别想要我离开金佳人！"说完，我起身将母亲推出房外。

第八章/隐形炸弹

星期天我通常睡到自然醒，把一个星期以来的疲惫一次修复完毕，但今天不一样，我早早起床。

"圆圆，"奶奶把一锅小米粥端上桌，"吃完早餐再去上学。"

"今天星期天，不用上学。"

"不用上学？怎么我去买咸鸭蛋时看到王老师的儿子背书包上学去了？"

王老师的儿子读的是一中，一个星期上足七天，哪像我读的菜场高中，即使已经高二，我依然背不驼、肩不垮，视力还他妈的2.0。

"奶奶，我和王小小读的是不一样的学校。他的学校星期天上课，我的不用。"

"你们不是同班？怎么一个要上课，另一个不用？"

又来了，奶奶的老年痴呆症越来越严重，不仅时间会穿越，空间也会跟着变化，有一次她甚至以为自己仍住在山脚下，太阳一露脸就得上山赶羊去。

"对对对，我们是同班，吃完早饭我就去上学。"面对质疑，我选择妥协。

奶奶很满意我的回答，舀了一碗绵稠的小米粥给我，再把牛肉馅饼及凉渍小菜往我的方向挪，我顿时胃口大开，即刻坐下来"大开杀戒"。

~

吃完早餐，趁着母亲正忙着应付买包子的客人，我一溜烟跑了，还因跑得太快，差点儿撞上卖菜大婶的儿子。

"着什么急？"他问。

"不关你事。"

"拿着，"他递给我一个油纸袋，"月锦的鼠饼。"

奇怪了，我为什么要接收他的东西？也不知干不干淨、新不新鲜，甚至……有没有下毒。

我把头转向一旁，看都不看他一眼。

"妳就这么讨厌我？"

"没错。"

"那好，我把鼠饼拿给妳妈，顺便告诉她妳拒绝接受我母亲的好意。"

噢！原来是卖菜大婶的心意，那么基本可以排除被下毒的可能性。

我默默收下鼠饼，并且再三叮嘱他别上我家，我们全家都很忙，没空搭理他。

"好啦！妳……"他突然脸红，"妳瘦下来一定好看，所以……少吃点儿。"

直到那人的影子消失在巷子口，我还浑浑噩噩，这是哪门子操作？简直见鬼了！

～

我走到金佳人所住的楼底下才打电话给她。

"天气冷，还是回去吧！别上来了。"她说。

"就是天气冷才要进屋，还有，我拿鼠饼给妳……妈吃。"

金佳人沉默一会儿后，提醒我爬楼梯上来，因为今天电梯又罢工了。

呵呵！真幽默，这栋看起来像"烂尾楼"的建筑物根本没电梯。

"知道了，我让泊车小弟停好车再上楼。"我答。

～

金妈妈看见我很开心，还说要进口一些大码女装，让我下个月到店里挑挑。

"好咧！金妈妈的眼光好，进的货一定漂亮。"

"那肯定的，妳坐会儿，我上班去了。"

待人走后，我才想起金妈妈还没吃我带过来的鼠饼。

金佳人答没关系，人还是会回来，晚点儿吃而已。

"妳妈……妳妈看起来没事。"我小心翼翼地说。

"我妈应该有事吗？"

我支支吾吾半天，不知该从何说起。

"鼠饼甜不甜？"她忽然问。

"不知道，应该是甜的。"

"那我泡壶茶。"

果然入口回甘的茶水能冲淡甜腻的口感。

"这饼里有什么？"她咬下一口后，望着饼里的内馅问。

我告诉她有枸杞、燕麦、莲子、南瓜籽、粟米和芝麻。

"妳好历害，怎么一吃就知道？"她瞪大眼睛问。

该怎么说呢？如果这也算天赋，那么我很小的时候就崭露头角（譬如知道哪道菜忘了放啥啥啥）。我妈还说应该带我吃遍各大餐厅，保管气死明星主厨，因为他们的秘方到我嘴里就不再是秘密。

金佳人流露出倾羡的眼神，她建议我应该就读蓝带国际学院（**Le Cordon Bleu**），这是一家含金量很高的烹饪学校，毕业生就业率百分百，起薪也高。

我问学费贵不贵？她答不清楚，应该很贵，毕竟学的是法国菜。

"那还谈什么？"我泄气地问。

"话不能这么说，谁知道明天会发生什么，搞不好到时候妳以为的问题将不再是问题。"

"也对，我忘了自己是隐形富豪。"我乐呵呵地自嘲。

金佳人问我有没有告诉家里人有关金丝楠木的事？

我答忘了提，因为注意力被另外一件事给带开了。

"什么事？"她问。

"我妈……听说……妳妈……"

"好了，别说了。"她立马变脸。

这么说是真的？

"我……我就想告诉妳—妳不孤单，我会永远待在妳身边。"我一表忠心。

金佳人保持缄默，直到我把鼠饼都快吃光了（总得留两块给金妈妈吃），她还是没说话。

"我走了，"我起身，"功课还没写完。"

"别走！我……我好孤单，能陪陪我吗？"

这时我才留意到她的两只眼睛红红的。

"当然，"我又坐了下来，"有什么话尽管说，我洗耳恭听。"

后来我才知道自从金妈妈被自己的"老公"送进精神病院后，偶尔会出现幻听。金佳人以为这是暂时的，回国后会改善，没想到事与愿违，她妈妈除了甲减持续恶化外，精神状态也不佳，好的时候跟常人无异，发起病来甚至会自残。几天前的裸奔，无疑证明她的努力全白废了，她感觉心力交瘁，尤其邻居看她的眼神明显不对，好像裸奔的是她，不是她母亲。

"要不要……要不要把妳母亲送去……送去精神病院？"我试探性地问。

她恶狠狠地看着我，问："我妈就是被精神病院给害的，妳还要我把她送回去？"

我赶紧表示自己不是这个意思，而是……也许中国的精神病院不一样，让专业人士照顾岂不更好？毕竟她还未成年，这样的负担过于沉重。

"再怎么沉重也不送精神病院，她是我妈，我不照顾她，谁照顾？"

我很想提议让她父亲帮点儿忙，但再想到她的犟脾气，我把到嘴的话吞下肚。

“告诉我，妳父亲是怎样的人？”我转问。

金佳人这一回答老长的，直到饥肠辘辘，我才发现已到了饭点。

第九章/早安，欧巴

金佳人问我是不是还吃饺子？我答不了，世界上的美食这么多，要有勇气尝试，万一遇上好的，就会有中奖的感觉。

"那么这次妳想买哪家的彩票？"她问。

我其实满想吃常绿轩的韩国料理，但再想到没有长辈买单，我囊中羞涩，难不成只吃店家附赠的小菜和南瓜汤？

"山大西南门附近有很多物美价廉的小吃，我带妳去！"我答。

～

回家逢母亲正在收拾饭桌。

"有没有吃的？肚子饿了。"我喊。

母亲停下手中的动作，问我一个早上都上哪儿去了？怎么到现在还没吃中饭？

"吃是吃了，但没吃饱。"我小声地答。

她赶忙到厨房给我加热剩菜剩饭，趁着这个空档，我不由自主地回想起和金佳人的对话。

"我爸毕业于庆熙大学整形外科，擅长眼鼻整型及面部提升，家里有很传统且保守的思想，譬如长幼尊卑、传宗接代、重男轻女、男主外女主内……等等。"

"妳妈跟妳爸是怎么认识的？"我太好奇了。

"说来真好笑，我妈去隆鼻，我爸说她的鼻子很小巧精致，正好配她的小圆脸，劝她打消动鼻子的念头。我妈心想这个医生很实在，所以我爸一撩她，她就上钩了。两人交往大半年后，我妈才发现自己当了小三，可惜为时已晚，因为她肚子里已经有我，就算闹家庭革命，也只能硬着头皮走下去，这也导致我到现在还未见过自己的外公外婆，遑论其他亲戚。"

听起来这种邂逅很不一般，不像我爸和我妈，只凭媒妁之言就结婚，婚前总共只见过五次面，还是在双方亲戚都在场的情况下，一点儿浪漫也无。

"谁不喜欢浪漫？但首先得有钱才浪漫得起来。将来我要赚很多很多钱，然后买一个背山面海的大房子了此一生。"我的好姐姐说。

"不对，难道妳不结婚、不生小孩？"我提出质疑。

她答孩子可有可无，至于老公……除非遇到真正喜欢的，否则宁愿不结。

我不苟同，男大当婚，女大当嫁，我家就我一个孩子，我若不结婚，我们金家就要绝后了。

金佳人听完哈哈大笑，她说不结婚也可以生小孩，只要有钱，连怀孕都可以找人代劳。

"那就不一样了，只有真正痛过才懂得珍惜……"我喃喃道。

"圆圆，我发现妳很适合嫁给韩国人，因为他们基本都很大男人主义，妳一定能有鱼水之欢。"

鱼水之欢？妈的，这也太色了吧？

她一副摸不着头脑的样子，我问她难道不是指那个那个？

"哪个？我记得有句中国成语有鱼又有水，意思是很 **match**，好比拼图，能拼得起来。"

有鱼又有水……**match**……拼起来……浑水摸鱼？不对……水清无鱼？也不对……如鱼得水？

金佳人拍手，说她的意思就是如鱼得水。

"老天！'如鱼得水'和'鱼水之欢'的意思相差十万八千里，真要吓死我了，不带这样乱用成语的。"

"其实韩国也有四字成语，如果哪天妳到韩国居住就知道学习一门语言有多难。"

我谢了她，说自己学英语学了十多年还讲得坑坑巴巴，像韩语这种小语种就算了，我还想多活几年呢！

"**An nyeong，oba.**" 她突然说。

我问这句韩语是什么意思？她答如果早晨遇到一位平辈的韩国男生，可以向他说 "**An nyeong， oba.**"，意思是 "早安，欧巴"。

"妳为什么要教我这一句？"

"因为当年在国际学校时，我总想对一个男生道早安，但一直没说出口，所以……如果有一天……也许妳用得上。"

我问这位她开不了口的男生该不会和油菜花田里的那一位是同一位吧？

我的好姐姐瞬间红了脸。

原来如此，难怪那么小气。

"好，我答应妳，如果有一天我到韩国，又碰巧遇上妳的白马王子，我会了了妳的夙愿。"

她苦笑着答希望没有那么一天，因为她想亲自对他说："**An nyeong，oba.**"

第十章/无法兑现的承诺

光阴似箭，日月如梭，转眼间春天的脚步远了，替代的是夏天的呲呲蝉叫声。

"佳人，放学后我们到海水浴场走走。"我说。

我们这所菜场高中邻近国际海水浴场，那里的海水清澈，沙滩也干净，是我见过最棒的海滩，无怪乎每年的世帆赛在此举办。

"不了，太阳很毒，我已经晒黑了。"她答。

"我帮妳打伞，绝不让妳成为黑美人。"

在我的软磨硬泡下，我的好姐姐答应了。

我不止一次听说"金佳人高傲，眼睛长在头顶上"的传言，那是因为他们没和她深入交往，一旦虏获她的心，她是天底下最好讲话的人，要星星不给月亮，和气得很。

好不容易等到放学的钟声一响，我忙不迭揣着姐姐来到海边。五月的海水和沙滩还很冰冷，但头上的炙阳却能让人"火冒三丈"。

"伞呢？"金佳人问。

"忘了带，"我左顾右盼，"人呢？"

我的好姐姐问我又在玩什么把戏？

嘻嘻！被她瞧出来了。

其实也没什么大不了的，就是约了网友在小镰仓及环海路交汇处见面，离我们所站的位置约有一百米远，方便我观察。

金佳人说既然约了见面就该打扮打扮，怎么一副蓬头垢面的样子？还有，我们站得这么远，人又多，他如何知道我来了？

"就是不想让他知道，知道不毁了？我只想看看对方是不是'照骗'？如果是，回去我立马拉黑他！"

我的姐姐做出一个快晕倒的动作（也难怪，凭我的条件，对方肯出来见面就很不错了，我还挑三拣四？）。

眼看时间一分一秒地逝去，那个有张俊朗笑脸的男生仍然没有现身。我不免失望，原来那个人也害怕"见光死"，果然网上的东西皆不可信。

"妳约的人叫什么名字？"金佳人问。

"他叫苏长青，山大一年级的学生，是个学霸，拿奖学金的。"

"这么说他不可能搞错地方。"

哎！怎么可能搞错？他读的山东大学威海分校就近在咫尺，说是地头蛇，一点儿也不为过！

"也许……也许他有个头疼脑热的。"我替未见面的网友找借口，"不等了，我请妳吃好吃的。"

"一定得好吃才行。"她答。

沿环海路有多家小吃店，大部分宰人又不好吃，身为道地的威海人，我负责任地告诉你，只要稍微往里面走一点儿就会有很多让你吃了眉开眼笑的店，而且对荷包而言完全不构成压力。喏！青少年活动中心斜对面就有这么一家，我和姐姐正等待水煎包出锅……

"嗨！金圆圆。"

听到有人唤我，我转过头去，吓得差点儿心脏骤停，这……这不是苏长青吗？他怎么出现了？还他妈的一点儿也没"照骗"，甚至比头像还阳光些，肌肉也很发达。

"抱歉！教授晚下课，我冲到约会地点，妳已经不在，还好在这里遇上了。"

姓苏的把目光投向金佳人，而金佳人则望向我。

"咳、咳、金……金圆圆很生气你迟到了，所以……下次再约。"说完，我拉着姐姐走人。

"喂！水煎包不要了吗？"老板没好气地喊。

于是我们又灰头土脸地回来交钱、拿吃的。

"圆圆，真的对不起，我也不愿意迟到，但总不能让我溜课吧？"那男孩说，很真心实意的样子。

"你连溜课都不敢，还能做出什么大事业？拜了！别再来找我，找我也不理你。"金佳人说完，拉着我快步离开。

～

我们面对血色的夕阳吃水煎包，与别家的不一样，这家包的是韭菜鸡蛋加粉丝虾皮，热量应该很低，代表待会儿的正式晚餐我可以多吃一些，但我全无欣喜之情。

"我以为那个男生会拿照片唬人，没想到货真价实，长得真好看。"我边吃边叹气。

"他是没骗人，妳呢？妳有没有骗人？"

"我……如果我发自己的照片，妳以为他还会赴约？"

"所以妳就拿我的照片骗人？"

我顿时语塞，没错，我是骗人，而且一次骗了两个。

此时海风拂面、浪涛声不绝，正是一天最舒服的时刻，可是我们两姐妹却陷入无话可说的尴尬境地。

"剩下一个水煎包，给妳。"我先释放善意。

"我不要！"她用力一推，结果水煎包滚落下去，成了"沙"包。

我顿时委屈到不行，扯开嗓子大哭特哭。

"好啦！对不起，我这就去给妳买新的，别哭！"她好脾气地说。

"我……我哭……又……又不是为了水……水煎包，我是哭……哭我自己，怎么就……就减不下来，成……成了人见……人讨厌的大……大胖子。"

金佳人说我言过其实了，她就不讨厌我，还有，我不是减不了肥，而是方法用错又没毅力。放心，她会帮我，很快我就会成为人见人爱的瘦美人。

"真的？"我拭去眼泪，"我们打勾勾。"

我的姐姐毫不迟疑地伸出手来与我勾了勾，可惜这个承诺……永远也无法兑现。

第十一章/恶耗

隔天一直到课间操结束，金佳人还是没来上课。望着空荡荡的位子，我有不祥的预感，很想立刻打电话给她，但是……

我们这所菜场高中的升学率向来很差，但校规却一箩筐，只要人来了，手机一率上缴，雷打不动。

想到此时我的手机正在班主任的抽屉里躺着，顿时焦躁不安。

"金圆圆，妳又怎么了？皮痒吗？"语文老师问。

自从"黄腔事件"后，丁老师收敛许多，但这不表示他不记仇，只要逮到机会，他总要揶揄我两句。

"皮没痒，只是担心金佳人，她到现在还没来上课，老师能不能打个电话问问？"

"也许她生病了，没什么大不了的，倒是妳没来上课才需要担心。"

"为什么我没来上课才需要担心？"

"妳若生病了，可能会变瘦，如此一来，本校就少了体重过两百的人，损失太过惨重。"

他一说完，全班哄堂大笑。

太气人了！我哪有两百斤？空腹时甚至能低于190斤好吗？

如果金佳人在场，看到自己的妹妹受欺负，肯定会怼几句，偏偏她今天缺席，我像断了线的风筝，无处依靠……

孤立无援让我更加想念姐姐，她可千万别出事呀！

等放学的钟声一响，我立马要回我的手机，并且在第一时间内打给金佳人，可惜无人接听。

我不信邪，一次又一次拨打，结果依旧。

"会不会金妈妈又裸奔了？"我边想边赶往姐姐的家。

金佳人的住处楼底下拉起黄色警戒线，草丛中有个褪了色的墨绿色窗框，玻璃碎了一地。围观人群叽叽喳喳，即使我没问，自有"小道消息"传进耳中，大意是有人跳楼了。

不，不会的，这不是真的……

我急得想哭。

"小姑娘，妳的制服跟跳楼妹子一模一样，妳们是不是同校的？"一位大妈问我。

"她……她可能是……我姐姐。"我小声地答。

一听说我是自杀者的妹妹，长舌妇主动通风报信，我得以走"绿色通道"进到楼内。

"妳是自杀者的亲人，他们叫什么名字？"大鼻子警察问。

"他们？"

"跳了两个，妳不知道？"

听说金妈妈也没了，我泣不成声。

"好了，先不问，妳冷静一下，看看屋里有没有短少什么？"

这间屋子家徒四壁，所有东西都很克难，大概连小偷都不屑光顾，但我还是下意识往里走，这一瞧，让我发现一张纸质照片（油菜花田的那一张）。

我望着照片感触良多，金佳人一定很爱他，否则不会光洗这一张，再想到疼我的姐姐已经没了，我把照片搂在怀里痛哭不已。

"妳又怎么了？"方脸警察走过来，"哭哭啼啼的，一点儿忙也没帮上。这样吧！跟我们回警局做笔录。"

我问做完笔录能不能去看看姐姐和金妈妈？

"金妈妈？妳们不是母女关系？"方脸问。

"不是，我和金佳人是结拜姐妹，但我们比亲姐妹还要亲。"

一旁的大鼻子警察听完很生气，说我在玩他们，然后指着大门要我出去。

我走到门口又踅回，问："我能不能要一件姐姐的白衬衫做纪念？"

"妳到底在想什么？"大鼻子怒目相视，"休想从这里拿走任何东西，对了，妳刚刚是不是拿走什么？"

"没有。"我把头摇得像拨浪鼓，然后夺门而出。

～

回家后我大病一场，刚开始只是感冒症状，后来发烧，再后来陷入昏迷，连夜被送往市立医院。

听说急诊室医生也很迷惑，因为我得的是普通感冒，虽然发烧，但不致于昏迷，然而我真真实实、的的确确昏迷了三天三夜，脑子完全没印象，白茫茫一片。

即使清醒过后回到家里，身体也逐渐康复，但我仿佛失去快乐的动力，除了金佳人的话题，什么都提不起兴趣。

这一天，母亲把饭菜端到我房内，托盘上有红烧猪蹄、酱牛肉、芦笋炒肉丝、家常豆腐和满满的一碗香米饭。

换作从前，我会立马端起碗筷狼吞虎咽，但如今……我什么也吃不下。

"这是怎么了？大半月都过去了，应该好起来才是，瞧妳，瘦了不止二十斤。"

母亲说的没错，我是瘦了，但离苗条也还有一段长距离。

"妈，我想去看看金佳人。"

"看？到哪里看？都这么多天了，人肯定火化了。"

想到姐姐已成一抔黄土，我悲从中来。

"既然这样，我去坟前上柱香也好。"我退而求其次。

"实话告诉妳，我和妳爸认为妳会得此怪病就是因为跑到出事现场沾染上一些不干净的东西，所以别再提那个女的，太晦气了！"

母亲不说则已，一说我悲愤交加，她怎么可以说姐姐晦气？

我挣扎起身，母亲问我去哪里？我答去找金佳人。

她立马堵在我面前，若不是大病一场，仅凭母亲一己之力根本无法阻拦我。

一意孤行的结果是全家决定将我扣押起来，不仅房间上锁、手机被没收（怕我报警），连窗户也用木头加固好，我彻底成了笼中鸟。

被软禁在家，我益发想念我的姐姐，她在天国可好？有没有想我？……

就这么东想西想，我忽然忆起那天在出事现场"顺"走了一张照片。

我快速跳下床，把书包打开，还好，母亲没乱翻我东西。

看着照片，我忍不住红了眼，用手指轻轻抚摸姐姐的脸庞，她仿佛想跟我说话，说什么来着？

"**An nyeong，oba.**" 姐姐的声音响起。

我抬起头来四处张望，可惜除了我，房间内空无一人。

哎！一定是我太想念金佳人，以致出现了幻听。

我的目光回到照片左上角的欧巴身上。

"他究竟是怎样的人？" 我喃喃自语，"可惜姐姐想亲口对他道早安的愿望眼看是实现不了了。"

我不禁唉声叹气。

第十二章/潘安在世

金佳人的去世带给我很大的冲击，前一天姐姐还和我在海边大啖水煎包，怎么睡个觉醒来，人就没了？一点儿征兆也无。

我不禁思考起人生，我从哪里来？又该往何处去？除了生存，是不是还有其他？否则岂不是白白走一遭？……

"反省"让我从大大咧咧、不居小节的人，转变成只会点头和摇头的"淑女"。

"妳也该看看书，暑假过后就高三了，若没考上大学就去当女工，听到没？"母亲正帮我收拾房间，嘴巴也没闲着，边做边说。

我点头。

"班主任打电话来问候妳，说同学们都挺想念妳，祝妳早日康复。"

我二度点头。

"警方找到妳朋友的家属了，听说是四川人，我猜想骨灰已经接回去，妳若想去上柱香，我让妳爸带妳去。"

这一次我不点头也不摇头，而是陷入苦思中。

我的姐姐肉体已经化为灰烬，即使来到坟前又如何？ 她已不在人间……

"妳是怎么想的？ 倒是说话呀！" 母亲急了。

我没回答，只是默默流泪。

母亲叹息，不再言语。

没想到隔天一早，穿道袍的人便来到（原来母亲以为我中邪了）。

看来者在我面前舞刀弄剑，口中还念念有词，我突然觉得可笑， 越 想 让 自 己 不 笑， 结果反而更糟，我笑得像个疯婆子似的。

"圆圆，妳给我严肃点儿，师傅在作法，太大不敬了。" 母亲压低声音斥责我。

我还没来得及"严肃"，倒是师傅先"弃械投降"，他说有个穿白衬衫的少女一直在跟他斗法，无论他怎么施法术，她还是不肯走，看来只能另请高明。

穿白衬衫的少女？ 说的可是姐姐？

" 那女的现在在哪里？ 有没有话请你转告？ " 我问穿道袍的人。

" 她现在在镜子里，没说话。 "

我的房间里有个老式衣柜（据说是祖先留下的），上面本来没有镜子，我从夜市买来一个塑料框的半身镜，再拿502胶水给粘上，方便我整理仪容。

母亲曾阻扰过我，因为镜子对着床不吉利。我不管，依然我行我素，母亲只好睁一只眼闭一只眼。如今道士说穿白衬衫的少女在镜子里，母亲吓坏了，赶紧拿被子遮挡住，叮嘱我别拿开后，拉着道士走出我的房间。

他们一走开，我立即把被子扯下，镜子里的人脸色苍白，但体型壮硕，分明是我，不是金佳人。

于是我把花睡衣脱下，换上以前买的白衬衫，以为这样姐姐便会回来，然而镜子里依然是我。

"我的好姐姐，妳在哪里？"我对着镜子喃喃自语。

清晨六点，母亲喊我起床，要我吃完早餐上学去。

"我还病着呢！"我有气无力地答。

"妳这是懒病，整天躺着能不病吗？快点起来，我一堆事要忙。"

我嘀咕着，但照做，毕竟重获自由不是坏事，而且课落下太多也不好（虽然考上大学的机会很渺茫，但起码得混张高中文凭，否则连到麦当劳打工的机会都没有）。

"圆圆，妳怎么就吃这么点儿？小鸟都吃的比妳多。"爷爷说。

我答嘴巴苦，想吃甜的，无奈桌上都是咸的。

奶奶立即塞给我一百元，让我想吃啥买啥（加上每天固定会有的三十元，"开学"第一天就收入颇丰，真是个好兆头）。

"谢谢！我走了，爷爷奶奶再见。"我挥手道别。

"金圆圆，妳现在果然体重不过两百，再这么瘦下去，小心成了赵飞燕？"语文老师当着全班说。

"丁老师，你现在果然还是话无好话，再这么毒舌下去，小心祸延子孙。"我面无表情地反击。

那个弥勒佛瞬间没了笑脸，他说我不尊师重道，枉为学生。我回嘴，说他人身攻击，枉为人师。

"金圆圆，妳还想不想毕业？"他虎着眼问。

"丁老师，你还想不想领退休金？事情闹大了，我顶多换个学校念，但你呢？可能一辈子再也找不到教职。"

丁老师气得脸红脖子粗，他要我等着，这事没完！

我以为"太岁头上动土"的结果必然是被叫到办公室惩处或口头批评，但什么事都没发生，真是稀奇！

好不容易熬到放学，口袋里依然有130元，我有点儿不知如何是好。没错，一整天我都没光顾小卖部，连母亲的爱心午餐也留下大半，不得不喂校狗吃。

"圆圆，"体育委员潘安赶上我，"妳变瘦了。"

"我知道我变瘦了，有事吗？"我边走边答，对校外两旁的流动摊贩视若无睹。

他问我金佳人是不是真的为救跳楼的母亲而不幸身亡？

"不清楚，我不是目击证人。"

"好可惜，她长得这么美，果然红颜多薄命。"

我说那么他该担心自己，因为"潘安在世"的成语是用来形容潘安的盛世容颜……

"真的吗？我也是帅哥？"他颇为兴奋地问。

这么明显的揶揄也听不出来？看来本校男生的智商堪虞。

我摇摇头，快步走开。

第十三章/再度狂吃

一回到房间，我立马感觉有事不对劲，不是因为被子折得像豆腐干，也不是垃圾桶里的垃圾已经倒了，而是……

我奔向厨房，母亲正在给鸡拔毛，那对鸡眼看起来很瘆人，感觉死不瞑目。

"我的镜子呢？"

"早告诉过妳镜子对着床不吉利。"

"我问妳镜子呢？"

"卖给收旧货的佟叔。"

我气得直奔佟叔家，他家比我家好不到哪里去，同样破旧。

"妳来晚了，镜子被卖菜大婶的儿子给买走了。"佟叔说完，吐出一口白烟，呛得我半天缓不过气来。

"他一个大男生要镜子干嘛？"我怒气冲冲地问。

佟叔答他也很纳闷，那矮子原本想买二手耳机，一听说镜子是我的，耳机不买了，直接拿走镜子。

我掏出口袋里的130元，问他有没有最新款的耳机？

"妳运气好，一个小时前有人拿着九成新的森海塞尔过来卖，看在老邻居的份上，就收妳130元。"

"这么便宜？会不会是偷的？"

"实话告诉妳就是偷的，但至少是正品呀！买不买？"

我给了他130元，转身走进隔壁的农贸市场。

"圆圆呀！妳好像瘦了，瘦了不好，少了富贵气！"卖菜大婶看到我虽然很高兴，但没把眼睛笑成弯月型。

"只减了二十斤。"

语罢，一个比我矮半个头的男子乐呵呵地笑，我问他笑什么？

"妳终于瘦了，再减五十斤差不多。"

"干你何事？"我瞪他一眼，然后拿出耳机，"这个给你，你把镜子还我。"

"妳怎么知道镜子在我这里？……也对，佟叔这个人根本守不住秘密。"

我问他换不换？他答不换。

"我不知道佟叔卖你多少钱，但那是地摊货，19.9元有一个，而我手中的蓝牙耳机是德国牌子，原价就要两千多，即使二手货，也绝对贵过19.9元。"

我乐观地以为凡精神正常且不弱智的人绝对不会错失良机，偏偏卖菜大婶的儿子非一般，他死活不肯换。

"你就非得我求你不可？"我问，心情坏到极点。

"我没让妳求我，不过……反正妳没男朋友，我也没女朋友，加上我妈又喜欢妳，我们搭伙过日子算了。妳若答应，我立马交换，让妳一年365天都能照镜子。"

我晕！19.9元就想买我？老娘可没那么便宜！

"Dream on." 我气冲冲地丢下一句。

背后传来卖菜大婶的问话："儿啊！圆圆讲的哪国话？什么意思？"

对呀！"Dream on"是什么意思？我怎么突然来上这么一句？

回到家，我把自己锁进房间内，全家轮流喊我吃饭，我就是听不见，急死他们！

"人是铁，饭是钢，一顿不吃饿得慌，圆圆呀！赶紧出来吃饭。"奶奶说。

"妳大病初愈，不能这么折磨自己。"爷爷说。

"不过是面镜子，至于吗？"爸爸说。

"金圆圆，妳有种明天、后天、大后天也别吃，我就不信妳受得了。"母亲说。

……

不论他们来软的还是来硬的，我皆不受理，自顾自地沉浸在音乐当中（刚好今天买的蓝牙耳机派上用场）。

我从贾斯汀·比伯的《Baby》听到阿黛尔的《When we were young》，再从席琳·迪翁的《Beauty And The

Beast》听到水果姐的《Witness》。虽然英语能力欠佳，但这不妨碍我听英文歌，只要旋律好，管他唱什么？可是……今天愣是不一样，我仿佛都听懂那些"外星语"。

这提醒我不久前发生的事，我立刻上网查"Dream on"的字义，原来有"做梦去吧！"的意思。

对照我和卖菜大婶儿子的对话，这句英语算是用对了，但我怎么会使用连自己都不懂含义的语言呢？

"圆圆！"有人喊我。

"谁？"我问，拔下耳机。

貌似房间里除了我，没别人。

我重新戴上耳机，正当听得入神，亚瑟小子的《My Way》突然卡了。我拿出手机查看，没问题呀！我还用力拍打小米的屁股两下。

"圆圆！"

"谁？"我问，拔下耳机。

房间里依旧只有我一人。

我气炸了，跳下床，打开房门向外喊："都说了不吃，你们就别再喊我的名字，烦不烦？"

~

隔天，我走出房间，奶奶喊我吃早餐。

"不吃，妈说我有种就别吃。"

"什么时候妳妈这么说过？她一大早出门就为了买皮皮虾，打算中午给妳带饭吃。"

想到让人大流口水的椒盐皮皮虾，我顿时原谅母亲的下作行为（不问我一声就贱卖我的个人财产）。

"那好吧！既然妈知错，我也不好为难她。"说完，我坐下来大快朵颐。

也许因为前阵子生病，导致胃口下降，现如今身体已经恢复健康，我的好胃口又回来了，惹得奶奶眉开眼笑，她说这才是圆圆！

我也这么认为。

于是步出家门后我重新开启狂吃模式，不仅流连在小卖部和流动摊贩之间，还把母亲的爱心便当吃光光（即使校狗流露出乞求的眼光，我狠心一粒米都不留给它），以致上床后我挺着小肚子难受死了。

"真是自作孽不可活呀！"我唉声叹气地说。

第十四章/白色烟雾

拜大病一场之赐，我从**190**斤减到**168**斤，短短不到三天，我又吃回来，从**168**斤涨到**174**斤，以这个速度，我很快又会重回巅峰。

"金圆圆，妳好像又胖了。"我走出校门，体育委员潘安赶上我。

"没胖，你什么时候眼瞎了？"我边走边答，同时思考该光顾哪个摊位？是牛杂粿条还是钵钵鸡？

"我一直想问金佳人私底下是怎样的人，她像外表一样高傲吗？"

听潘公子问起我逝去的姐姐，我瞬间没了胃口。

"不，她很平易近人，高傲是她的保护伞。"我答。

"这下子我放心了。"

我问他什么意思？

"班花仙逝，咱们班总不能没班花，所以我们男生一致投票给郭若颖，她虽然比不上金佳人，但聊胜于无。鉴于世事无常，我打算追求她，听妳说金佳人没像外表一样难搞，这给我十足的勇气。"

郭若颖？她也配当班花？除了眼睛大点儿、皮肤白点儿、身材好点儿，其他真没什么。

潘安没好气地说要嘛我也眼睛大点儿、皮肤白点儿、身材好点儿，否则就闭嘴，乖乖到角落当一只安静的猪……

听到有人骂我猪，我怒火攻心，马上赏给他一个耳括子。

"金圆圆，"他捂着脸颊，"我告诉妳，妳这辈子就别想瘦下来，活该只能当土肥圆，连四班的班草都说妳恶心。"

我们三班班草的长相勉强只能说及格，但四班的不一样，他长得和窦骁同款，都有大白牙和腼腆的笑容，很招女生喜欢，当然也包括我。

"他……他说我恶心？"

"没错，他说妳像饱食终日的大猩猩，好大一坨。"

他……他怎么可以用这么狠毒的话形容我？

我太伤心了，红着眼跑回家，既没吃牛杂粿条，也没吃钵钵鸡。

～

"圆圆回来了。"奶奶坐在门口摇着蒲扇说。

我"嗯"了一声，算是回答。

"冰箱里有绿豆汤，"爷爷接着开口，他就坐在奶奶身旁修伞，"妳吃点儿，马上开饭了。"

"吃吃吃，都是你们，把我喂成这么大只！"说完，我闷不吭声地回房。

心情不好，我决定把数学作业拿出来"死马当活马医"，好证明这世上除了胖瘦问题，还有比那个更深刻且重要的东西值得我关注。

正当我被三角函数搞得七荤八素时，忽闻有人喊我的名。

"谁？"我问，拔下耳机。

当发现房间里又只有我一人，我气炸了，走出房门要说法，然而……

爷爷奶奶坐在大门口纳凉，背影看起来很温馨。我走向厨房，母亲正在灶前忙碌。

"马上吃饭了，有妳爱吃的鱼。"妈说。

我问爸哪里去了？

"他帮市场做垃圾分类，每天能有八十元收入，不无小补。"

这么说他们四人都有"不在场证明"，那么到底是谁唤我？

我莫名其妙地回房，刚把门关上，一转身，吓得我汗毛直立。

"妳……妳……妳……"我连吞好几口口水，"妳是人……还是鬼？"

金佳人坐在我的椅子上，身上的白衬衫好白，透亮透亮的。

她示意我戴上耳机，我照做。

"圆圆，我是佳人，妳忘了？"

"我没忘，但……妳怎么在这里？难道……妳没死？"

"我死了。"

听到死讯，我吓得腿软，转身想跑，门却锁住了，怎么也开不了。

"圆圆，别怕，我不会害妳……"

"还说？我吓死了，拜托饶我一命！"我边答边又去转门把，一样打不开。

"我以为妳想念我，看来我太自作多情了。那好，我走了，不再打扰妳。"

听到姐姐要离开，我暮然转身，大喊："别走！"

那逝去一半的白色烟雾刹那间又重新聚集，我再度看到金佳人，她依然貌美，只是不太清晰，像打在墙面上的投影片。

"妳过来，我们谈谈。"她说。

我顺从地走过去。

第十五章/姐姐的心愿

金佳人说那天她其实已经穿好制服准备上学，但母亲的状态不好，嘴巴念念有词，她怕出事，所以选择在家陪伴。一切都相安无事，直到中午吃过饭后才有了变化，起因是她怕母亲擦窗户有危险，主动代劳，没想到悲剧发生了。

"妳没站稳，所以跌下去？"我问。

"不是，母亲推我下去，我抓住窗户自救，没想到那东西太不牢固，连同我一起往下坠，后来才知道母亲随后也跟着跳楼。"

"为什么？"我太惊讶了。

金佳人说也许她母亲精神病发作，或者早有自尽念头，但不愿留她一人在世间受苦，所以将她带上黄泉路。

"可怜的姐姐……"我喃喃道，"妳母亲人呢？"

她答不知道，我不相信。

"告诉妳，人刚死时会有意识，我能感觉温暖的阳光和四周围向我们聚集而来的人群，连吵杂的声音也听得清楚，但这个过程很短暂，很快便时空一换，我和母亲来到一条幽静的小路，两旁开满了鲜花，我的心情愉悦，对周遭的一切感到好奇，但母亲不一样，她很着急，撇下我往前方亮光处奔去。我喊她，她不理我，最后消失在尽头，所以妳问我她在哪里？我真不知道。”

“既然已经……死了，为什么妳还在这里？”我接着问。

她答她也不清楚，母亲不见了之后，她听到**Park Bin**喊她，她转过头去，人仿佛坐上磁浮列车，等她再有意识，人已经在我房间内，一个穿着奇怪衣服的人拿着刀剑砍她，嘴巴说着莫名其妙的话，她只好躲进镜子里，因为那是另一个空间……

信息量太大，我得一一捋清。

“谁是**Park Bin?**”我问。

“他是油菜花田里的男生，中文名‘朴彬’，和我同一个国际学校。”

“镜子被我母亲卖掉后，这几天妳在哪里？”

“在妳的化妆镜里，我可以从一个镜子穿越到另一个镜子，但如果方圆两米内皆没有镜子，那么我便无法出现在妳面前。”

她不说，我真忘了抽屉里还有个巴掌大的化妆镜，虽然我不曾化妆过。

“妳有超能力吗？譬如预知彩票中奖号码或者像超人一样飞来飞去救人。”

“一些小伎俩会，其他能力我还在摸索中，但有一点是肯定的，除非有个媒介，譬如耳机，否则我无法让妳听到我的声音。”

原来如此！

“扣、扣、”

听到敲门声，金佳人化为一缕白烟回到我的抽屉内。

我走过去开门。

“干嘛锁门？吃饭了。”母亲说。

～

今天饭桌上有糖醋鱼、蒜香排骨、豌豆虾仁、蕃茄炒蛋、粉丝萝卜煲等，都是我爱吃的，然而我胆颤心惊、食不知味，因为金佳人就站在边上看我吃。

“圆圆呀！这蒜香排骨很入味，妳吃吃看，香得很！”爸说。

我答好，然后把筷子伸向最大的那一根，当看到金佳人对我摇头，我自觉地把大的那一根放下，改拿小的。

“妳不是喜欢把糖醋鱼的酱汁淋在米饭上，每次都可以吃上好几碗吗？来，爷爷帮妳……”

看见金佳人又摇头，我赶紧把碗拿开，说今天不想吃糖醋饭。

整个用餐过程都是类似情况，让人好不痛苦。

“圆圆，妳怎么只吃一碗饭而已？我再帮妳添。”奶奶伸手过来。

“不用了，我肠胃不好，吃不下，你们慢用。”说完，我起身回房。

～

面对眼前“人”，我有陌生的感觉，是时候重新认识。

“妳需要吃东西吗？”我戴上耳机问。

金佳人答她不会肚饿口渴，也不会有冷热感，更不需要睡眠。

我酸溜溜地说还不止此，她不用写功课，也没有升学压力，更不用为五斗米折腰，简直太爽了！

"可是人生少了这些烦恼会很无聊，好比我，每天从这个镜子穿越到另一个镜子，除了妳，没人知道我的存在，像个游魂似的。"

我问她是不是打算就这么千千万万年游荡下去？

"才不呢！只要完成心愿我就回去，虽然我还不知道如何回去。"

这真是一件奇怪得不得了的事，金佳人的"回去"指的是回到阴间，可是她明明已经死了，难道再死一次？

我虽有疑问，但毕竟这是许久以后的事，可以缓缓再说，眼前我有更重要的事要问。

"妳想完成什么心愿？"我问。

"当我走在黄泉道上时，听到朴彬喊我，想必他不愿我走，所以我想完成夙愿再离开。"

金佳人曾经提到她想对油菜花田里的男生说："**An nyeong，oba.**"

"这还不简单，妳可以从我的化妆镜穿越到他的……镜子，然后开口对他说。"

"我试过，但他看不见我，也听不见我说话，即使通过耳机也没用。"

我也发现了，刚才吃晚饭时我家人就对"鬼魂"视若无睹，莫非我有通灵的本领？

她表示回答不了我这个问题，因为她也是头一回当鬼，菜鸟一只。

"那现在怎么办？朴彬看不见妳，也听不到妳的声音。"

"圆圆，现在只有妳能帮我。"

"我？"

按照姐姐的计划，由我来道早安。

"如此一来就没有意义了，不是吗？"我提出质疑。

"只要朴彬以为是我亲口对他说就行了。"

等等，这是什么意思？我们可是截然不同的两个个体，除了身高差不多外，长相和身材可是相差十万八千里。

金佳人解释只要我瘦下来，再经过一些"小伎俩"，她相信朴彬分辨不出真假。

"然后呢？"我问。

"然后妳该干嘛去干嘛，我也会彻底消失。"

想到我得瘦成体重不过百，加上出国一趟所费不赀，真想打退堂鼓，但是……

"好，为了完成姐姐的心愿，我两肋插刀，在所不辞。"我答。

第十六章/金丝楠木

减肥就是要"管住嘴、迈开腿"，其中的苦只有自己知道。

"不，不行了。"我停下来大喘气。

"万事起头难，妳一定可以的，加油！"金佳人在旁为我打气。

自从接触灵异世界后，我的认知出现很大的冲击，譬如我以为鬼只会在晚上出没，太阳一出来就会消失；又譬如鬼都面容狰狞，到处吓人……等，结果恰恰相反。

"我看妳干脆使出一些'小伎俩'让我变瘦比较快，这样一百公克一百公克的减要减到什么时候？"说完，我直接坐在地上休息。

"鬼也不是无所不能的好吗？如果真是那样，我会将时光永远定格在我爸的小四还未出现前，当时我们一家和乐，母亲也没发疯，吧吧啦……吧吧啦……"

"好啦！知道了，我跑就是。"我缓慢爬起，叹了一口气后，继续跑步。

经过一个暑假的魔鬼体能训练，加上遵循金佳人的节食方法，效果非常惊人，我的体重下降到130斤，脸也瘦了，成了"中号"美女，以致开学日很多人都认不出我来，还以为班上来了个转学生，等知道我是以前那个"最具份量"的金圆圆后，无不吓得目瞪口呆。

"妳是不是受了什么刺激？"体育委员潘安走过来，"一下子瘦这么多，妳让艾美丽怎么活？"

艾美丽是高二学妹，本来只比我胖一点点儿，现在已经相距遥远。

"她也可以减呀！"我笑嘻嘻地答。

"回答我，"他压低声音，"妳是不是上了手术台？听说有一种缩胃手术，再不济，还可以抽脂。"

"若真是那样，我直接瘦成一道闪电岂不更好？还有，动手术需要钱，我家有吗？"

这是实话，我妈还在卖包子，我爸还在做垃圾分类，住房一样破旧，若有闲钱，第一件事就是改善生活，而不是动手术变瘦。

"妳别误会，我没恶意，只是换个方式赞美妳，妳这样……很好看。"说完，他走回自己的位子，因为历史老师已经踏进教室。

这不是瘦下来后头一回被男生赞美，前几天卖菜大婶的儿子也这么说过（前因是我妈又让我外送包子，推了几次没推掉，只好硬着头皮前往）。

面对别人的善意，我不好意思摆臭脸，推说自己以前太胖，所以瘦下来显目，其实离苗条还有一段距离。

"不，这样刚好，再瘦就不好了。"他答，色眯眯的眼神让我全身起鸡皮疙瘩。

"别听我儿子的，"卖菜大婶插话，"还是从前好看，这样干干瘪瘪的，不容易生养……"

我的老天！讲到哪里去了？

"包子送到，我回去了。"我打退堂鼓。

"等等，"那个矮个子抓了好几把青菜放进塑料袋里递给我，"送给妳……妈。"

"我不要。"

"又不是送给妳，是送妳妈。"

我看了一眼卖菜大婶，她也要我拿着。

"那好，就当抵包子的费用吧！"说完，我拿菜走人。

～

众人把眼光放在我的胖瘦上，殊不知我还有个压箱法宝未祭出，好不容易等到第一次期中考结束，我终于有机会拿出来献宝。

"今天我要特别表扬金圆圆，这次的期中考她考了全班第二，英语成绩尤为出色，达到135分，大家给她嘉奖一下。"班主任率先鼓掌。

在掌声中，我几乎要热泪盈眶，这就是勤学苦读的结果，也只有我的"家教老师"知道我有多努力。

没错，金佳人化身为我的私教，除了中国语文她无法辅导外，其他都囊括了。说是私教，其实更像监督管理员，由她看着我学习，稍一懈怠她便讲鬼故事给我听（还是特别恐怖的那一种），我被她折磨得人不人、鬼不鬼。

长期压抑下，我不免也有心烦气躁的时候，说话当然就没那么中听了。

"妳不需要睡觉，我需要，还有，妳也不是每道题都会，凭什么要求我？"我咆哮。

"凭妳答应帮我、凭妳需要提升自己、凭妳是大活人，而我已经死了。"

看姐姐泪眼婆娑，我骤然心软。

"好啦！我念书就是，妳别哭了。"我说。

就这么废寝忘食、孜孜不倦地学习，我从学渣硬生生逆袭成学霸，不仅同学们傻眼，连我爸妈也怀疑。

"圆圆呀！这成绩是不是有误？"爸问，用力眨一下双眼。

"没错，是我的，全班第二，全校第九。"

我爸一时语塞。

他不说话，不代表母亲也没意见。

"圆圆，我们金家向来清清白白，从不做偷鸡摸狗的事。"她说。

我答我既没偷鸡也没摸狗，这成绩是我努力得来的，不信可以让我重考一次。

看我一副大无畏的样子，父母也懵了，最后勉强接受一直吊车尾的女儿"好像"开窍的事实。

"既然这样，"父亲看了母亲一眼，"只要能考上好学校，我们会供妳，哪怕北上广深。"

我问他们要怎么供？离家近的山大威海分校还可以冲一冲，北大清华就别想了，即使考得上也读不起。

"圆圆，"父亲看了母亲第二眼，"上礼拜有人出三百万买这个宅子，价格很美丽，但我们舍不得，毕竟……现在妳的成绩突飞猛进，是时候做出取舍。"

三百万？就这么个破烂房子？我问那人是否眼瞎了？

父亲答买方是北京来的大老板，经人介绍上门，话不多，前后看不到几分钟就给了一口价。

"那还等什么？连我房间内的衣柜也可相赠，"看到金佳人对我摇头摆手，很着急的样子，我改口，"先等一等，我的成绩才好转不久，说不准哪天又往下掉，你们先别卖，等我站稳了再做决定。"

～

回到房间，金佳人忙不迭告诉我那个北京老板在糊弄人，千万别上当！

"我倒觉得三百万挺好的，这个价钱可以买别墅区的二手别墅了。"

我的姐姐问我是不是忘了她说过的话？金丝楠木的价格比金子还贵，可别贱卖了。

"我没忘，只是很难相信木头会贵上天。"

"哎！穷人就是有穷人思维才会一直穷下去，妳既然那么想活在社会底层，我不拦妳！"说完，她化为一缕白烟回到我的抽屉。

金佳人很少对我生气，一旦生起气来，代表事情大条，我得正视。

于是我坐下来查资料，这一查，吓得我张口结舌，好半天回不了神。

第十七章/老房卖了

网上说金丝楠木是中国特有的珍贵木材，普遍呈浅黄色，阳光下会折射出丝丝金光，因而得名，具有色香、纹理丰富多变、耐腐、耐虫、不易变形等特点，是古代皇家及富豪之家青睐的建筑及家具用材料……

说这些其实很虚，我需要的是实例，果然一搜还真被我搜到。

【湖北恩施半山腰有一座约130平米的祖屋，屋主不知其价值，直到遇上拆迁，有人瞧出这屋全是上好的金丝楠木建成。流言传开后，随即有人出价十亿元，但屋主没卖，而是捐给了国家。】

130平米，十亿？

想到我家的地虽有一百多平米，但屋子不大，大概也就七、八十，饶是这样，也够可以的了，但首先得确认我家的老屋建材也是金丝楠木才成。

按照网上的鉴别方法，我分别闻了墙壁、地板、甚至衣柜，味道虽不尽相同，但有香味是肯定的；再看纹理，据说越规整，价值越高，可惜我看不出好坏，无从判断起。

"看来真的得请专业人士估价。"我心想。

～

爸妈一听说老房子值钱，愣住了。

"不会吧？这么个破烂房子……"母亲喃喃道。

父亲倒是比母亲理智多了，他认为我说的不无道理，房屋都百年了，可是从来没有被白蚁啃噬过，还有，屋里总有一缕淡淡的幽香。他相信木头绝对是好木头，至于有没有那么值钱……还真不好说。

我提议找个专业人士鉴定。

"到哪儿找？"父亲问。

我想了想，那个北京老板一定心里有数，遂跟父亲要了名片。

～

北京老板有很多头衔，其中一项是古董鉴定委员会专家，他一听说我是屋主女儿，问我是否有权处置房屋？

"房产是父母的，他们才有权签字，我打来是想告诉你—你低估了房屋的价值。"

"低估？那么破旧的房子能卖三百万已经很好了，何况我买来是为了推倒重建。"

"推倒重建？太可惜了，竟然将金丝楠木弃之如敝屣。"

北京老板沉默一会儿后，说他马上飞来威海。

父亲怕爷爷奶奶碍事，把他们赶到公园散步，叮嘱吃完晚饭再回家，然后我们仨和客人坐在客厅里谈话，连客厅里的家具也散发出清香。

"刘先生，"我首先发言，"我们打开天窗说亮话，这一整屋的金丝楠木绝对不止三百万，当我听到这个报价，很是吃惊。"

"的确不止三百万，但这是我能给的最大限度。"他答。

"那你还来做什么？"

"我来是为了告诉你们'二鸟在林不如一鸟在手'，同时为了表示诚意，我再追加两百万，这个价已经到头了。"

我看见母亲拉了一下父亲的衣袖，父亲则一脸茫然地望向我。哎！看来我们金家只能靠我了。

"这个价我们没法儿谈，"我起身，"您请回吧！"

"坐下坐下，"客人示意我坐下，仿佛他才是主人，"年轻人这么心浮气躁怎么可以？"

于是我又坐了下来。

等爷爷奶奶回家，价格已经飙到九千万，母亲说她心脏不好，父亲陪她回房躺下。

"这样吧！天也黑了，您早点儿休息，这事再聊。"我下逐客令。

"九千万还不卖？小姑娘我告诉妳，过了这个村没这个店。"

"一个下午你已经好心提醒过我多次，能不能换个说法？我累了，您请回吧！"

他停顿一会儿后，答："我就住在不远的金海湾酒店，明天再过来。"

～

"他肯定还留一手。"金佳人说。

"绝对的。"我答。

我的姐姐思考一会儿后，问我北京老板住哪里？

"金海湾酒店。"

"妳等我一会儿。"

这一等等好久，我把屈原的《离骚》和曹操的《短歌行》都背完，连地理课本上的水土流失知识点也整理完毕，姐姐还没回来，我只好又把数学题拿出来做，当做到第五题时，她终于回来了。

"Guess what？刘老板的上面还有老板，他们愿意出价到三亿，若不行，撤了！"

我想了想，觉得可以再等等，应该还会有更高的出价。

金佳人不苟同，她认为见好就收，小心被"和谐"了（譬如捐给国家什么的）。

想到我那对既好说话又心思单纯的父母，他俩的确很容易被洗脑，这事得快刀斩乱麻才行。

～

我再三提醒父母等我回来再做决定，然而计划永远赶不上变化，我上完课回到家，看见父母喜上眉梢，知道有事不对劲，忙问喜从何来？

"圆圆，告诉妳一个天大的好消息，我们金家就要翻身了。两亿，天哪！打死我也不敢相信老祖宗给了我们两亿的遗产。"

完了！我跌坐在椅子上。

"是呀是呀！"母亲接棒，"真是谢天谢地，总算老天有眼，穷了那么久，终于也有出头之日。"

我弱弱地问是否签字了？

父亲点头，他说对方带了律师和公证处的公证员前来，这事跑不了了。

听到生米已经煮成熟饭，我的心跌落至谷底，"哀莫大于心死"大概就是这种感觉。

"爷爷奶奶知道吗？"我问。

"年纪大的人受不了刺激，我们只说房子卖了五百万，他们说挺好的。"妈答。

"这方面你们倒很细心，怎么到了紧要关头却犯迷糊？"

母亲问我什么意思？

"没什么，"我哀叹一声，"我回房写功课，吃饭再叫我。"

第十八章/暴发户

我们金家都是老实巴交又低调得不得了的人，所以虽然房子卖了两亿，但除了到五星级酒店吃了一顿海鲜自助餐（每人**158**元，吃完还一致认为没有大排档的好吃）外，母亲照样卖包子，父亲照样到农贸市场帮忙做垃圾分类，奶奶照样摇着蒲扇在门口纳凉，爷爷照样在修他的破伞，我则照样清晨五点起床跑步。

"你们家好像很风平浪静，跟从前没什么两样。"金佳人说。

其实还是有所不同，譬如合同内注明三个月内腾房，我父母已经在看房了，目标是面海大别墅，价格在一千万元上下；再譬如我每天的零花钱已经飙至五百元，这也是我的衣柜里装满新衣的原因。

金佳人答这样也好，低调做人，省得惹来不必要的麻烦。

然而我们还是太低估流言的力量，半个月后的某一天，地方新闻突然冒出这么一则消息，直指威海高区农贸市场旁卖鸡蛋灌饼一家突发好运，以五亿元的高价卖出祖屋，一时议论纷纷。

我本来想着还好记者没核实，我们金家得以逃过一劫，没成想吃瓜群众的火眼金睛还是发现农贸市场旁没有卖鸡蛋灌饼的摊位，倒是圆圆包子铺刚卖掉老房不久，成交价两亿……

消息一出，母亲立马关了包子铺，全家躲在屋子里大气不敢吭一声。

这样夹着尾巴过了数日，直到发现门口站着几名流里流气的不良少年，我们才发现兹事体大。

"再这么下去，我们全家都要遭殃。"我忧心忡忡地说。

妈反问我能怎么办？即使搬到有保安驻扎的别墅也难保安全，毕竟我们已经成为名人，一动一静很醒目（至少目前是）。

"要不，我们到国外躲一阵子？"我提议。

此时国庆假期刚过没多久，眼下根本没有长假可放，难怪母亲不同意，因为我的高考重要。

也对，我怎么忘了这么重要的事？

"让我想想，想到再跟你们说。"我答。

～

金佳人问我有什么心事？我把自己的烦恼告诉她。

"怎么不早说？这个很容易解决。"

按照她的说法，她就是我家的守护神，只要房屋内外的镜子够多，她有办法对付不怀好意的歹徒。

"看来妳的'小伎俩'增加不少。"我说。

"那肯定的，每天无所事事，惟一的嗜好便是挑战自己的极限，但还是那句话—我不是无所不能。"

85

家人接受我的意见，我们搬到有二十四小时安保的别墅区，面朝大海，带精装修及家具，省去不少繁杂琐事，只是他们不明白为什么屋内屋外都被我摆满镜子。

"这房子向阴，有镜子光亮些。"我解释。

母亲觉得不妥，把一些不利风水的镜子全给撤了，我只好又买来大大小小的化妆镜，像置放蟑螂屋一样，每个角落都有。

家人不知我是为了他们的安全着想，背对着我丢了好几次，我因此买得更凶，他们只好作罢，转而和一屋子的镜子和平共处。

～

爆富之后，爷爷奶奶适应得很好，只是换个地方纳凉及……修伞；爸妈就惨了，无事可做成了梦魇一场。

"妈，今天的汤没煮出味道来。"晚餐桌上，我说。

"凑和着吃吧！我没心思做饭。"

我问怎么了？

爸代答："妳妈得了闲病，做完家务就只能看电视和报纸，我也是。原来有钱就那么回事，太无聊了。"

这倒是实话，很多人以为有钱之后会有天壤之别，其实生活的本质没变，一样的坑坑巴巴，只是少了某些恐惧（毕竟有些问题还是可以拿钱解决）。

既然父母闲得慌，我建议他们再卖包子，咱家的圆圆包子在威海也算小有名气。

原来爸妈也想过，但害怕流言蜚语，说到底，亿万富翁卖包子让人挺酸的。

"那么在网上卖得了，有人下订单再制作，快递小哥会上门收货，方便得很！"

母亲一听，两眼发亮，要我再讲仔细点儿。

就这样，我家的圆圆包子铺又重新开张，只是转为线上销售。

看父母又展欢颜，每天忙得活力四射，我也感到欣喜。

我的成绩仍然保持在全班前五名，老师说以这个水平，三本应该可以保底。

"妳想到哪里读大学？"金佳人问我。

"还没想过，到时成绩出来再做决定。"

然而我的姐姐比我早先一步未雨绸缪，她认为我应该到国外学习，顺便开阔一下眼界。

"那多累人，金窝银窝不如自己的狗窝。"

"金圆圆，妳就是这样不思进取，难怪……"她突然住嘴。

我问难怪怎样？

她踌躇一会儿后，告诉我班上同学认为我的变化只是海市蜃楼，最后依然会像他们一样，念完鸡肋大学、找个鸡肋配偶、生下鸡肋小孩，然后在威海这个鸡肋城市了此一生。

听完，我暴跳如雷，太瞧不起人了，我家可是身价两亿的暴发户！

金佳人说那么做点儿暴发户会做的事。

“该怎么做？”我不耻下问。

“我认为妳应该到首尔留学，第一志愿：庆熙大学。”
她答。

第十九章/留学韩国

"庆熙大学？有点儿印象……等等，这不是妳父亲的母校？"我问。

金佳人尴尬地解释这是两码子事，她推荐这个学校是因为它是所好大学，如此而已。

虽然经过同学的语言刺激，我已不排斥到国外开阔眼界，但韩国在我眼里不过是个小国，历代还得向我天朝纳贡，哪有反过来向他们学习的道理？再怎么说也得选那些先进的国家做为留学对象，不是吗？

金佳人答此言差矣，欧美国家有它们的强项，但小国也有可取之处，譬如小语种竞争小，找工作相对容易，回国起码能教教韩语。

"什么？！还得学韩语？"我扬起声，"杀了我吧！我连学了十几年的英语都说不好。"

姐姐要我别担心，和其他语言比起来，韩语好学多了，原因如下：

・・・

1、韩语是很单纯的表音文字，读写一致。

2、汉字词和外来词的占比超过70%，譬如韩语的蛋糕 케이크 和英文蛋糕 cake 的读音很像（只是有些怪声怪调）；而韩语的帽子 모자 和中文发音 **maozi** 一模一样。

3、韩语入门语法相对简单，真正难的地方主要在敬语、非敬语、间接引语以及助词的使用。

我同意听起来不难，但我为什么要大费周章？想来想去，还是留学英美比较好。

"圆圆，实话告诉妳，我想念家乡了，妳就不能为我着想一下？"

原来是这个原因。

我要她放心，等暑假来到，我会上韩国旅游，顺便找到她的白马王子，了了她的心愿。

"不是这样的，"她有些困窘，"前几天我发现朴彬打算上庆熙大学，他就要成为大学生，而我连高中都没毕业，也许……哪怕一天也好。"

本来姐姐的心愿只是向心怡的男孩道早安，现在又多出一样。

看我面有难色，金佳人表示如果我不愿意，她不勉强，毕竟我有我的人生要过。

"不是不愿意，而是不明白，既然妳可以从这个镜子穿越到另一个镜子，那么到世界上任何一所大学旁听都易如反掌，何需有我？"

我的姐姐解释她想以实体方式融入，而不是像孤魂野鬼一样到处流窜。

"什……什么意思？"我打着哆嗦问。

"妳别怕，不过是最近学到的小伎俩之一，只要天时地利人和，我可以使用……妳的躯体。"

"什么天时地利人和？还有，妳若使用我的躯体，我呢？我上哪儿去？"

她答我会待在镜子里，而且只能停留在一个镜子里，无法穿越，毕竟凡人和鬼魂的功力还是有差别。

我细思极恐，万一换不回来，我岂不是永远待在某个镜子里无法动弹？

金佳人要我放心，铁定能换回来，我们可是互许"吉凶相救、福祸相依、患难相扶"的结拜姐妹呀！她绝对不会坑我，若不信，现在就可试试。

"不，不用试，我相信妳。"我很快地答。

说是相信姐姐，其实内心还是有疙瘩，还好接下来几天一切如常，我是说她还像往常一样对我关怀备至，同时担任最严厉的监督者角色，这让我多少不那么害怕了。

听说人是习惯性动物，一旦形成习惯，往往不会再去思考和改变，我也是，接受了姐姐的陪伴和照顾后，生活中已经不能没有她，所以虽然她曾经提出"无理"要求，现在看来也不是那么难以接受，我甚至庆幸因为姐姐想上大学，所以推我一把，否则以我的懒惰个性，恐怕后继无力，早早举了白旗。

就在金佳人的鞭策下，半年后我终于迎来还算满意的高考成绩——**605**分。

父母认为我可以试试山东大学威海分校，能上最好，离家近，凡事有个照应；若上不了，我也有很多其他选择。

"我……我想上韩国读大学。"我嗫嗫地答。

他们一听说我想飞到一海之隔的韩国上大学，惊到不行。

"咳、咳、"父亲咳嗽两声，"圆圆呀！妳想当留学生，我们不反对，但为什么是韩国？现在钱已经不是问题，妳怎么不选英国或美国？"

我就知道他们会有此疑问，心中已经备好答案。

"我打算学好韩语，然后开个贸易公司，专门进口韩国的小商品到中国卖。"

威海有"小南韩"之称，在这里聚集了很多韩国企业，举凡化妆品、服装、餐厅……等，遍地开花，我的说法显然不具说服力，以致我必须再三强调是"整个中国"，非单指威海这个小城市。

母亲有话要说，被父亲阻止了，他说既然这样，他……们不反对，万贯家财就是为了让我无后顾之忧，即使尝试失败，大不了回家，总有一口热饭留给我吃。

"谢谢！太谢谢了。"我感动得无以复加。

有了家人支持，我一头栽进准备出国留学的繁杂琐事中，这包括在预科开课前得减到金佳人"过去"的体重—**98**斤。

之所以说"过去"是因为她目前没有体重，如果站在磅秤上，指针依旧指向零。说白了，她像一缕烟，又像投影在平面上的影像。

有一次我忍不住问她是否能穿透我的身体（或者我能否穿透她）？

她答可以，但我们彼此都会不舒服，所以还是保持距离为佳。

"难怪姐姐要借用我的躯体，她连接个吻都做不到。"我心想。

第二十章/两败俱伤

金佳人的身高和我差不多，都是165公分，拿国际标准体重来说便是120斤，亚洲女人瘦点儿，104斤差不多，偏偏金佳人不仅体重不过百，身材还凹凸有致，凸的地方很可观，凹的地方堪比吐鲁番洼地，这可苦死我了。

"不跑了，"我停下脚步，"为什么我非得98斤？谁规定妳18岁的体重得跟16岁一模一样？"

"因为朴彬印象中的我是那个样子，我不希望他看到不一样的我。"

"不对，肯定不一样，好比我的鼻头有颗痣，妳的没有。"

"这个靠点儿小伎俩就能搞定。"

也就是说朴彬眼中看到的就是金佳人本人，而非一个"长得像她"的人。

我又细思极恐。

姐姐要我别担心，打完招呼又尝试过大学生活，她会退下，把舞台还给我。

其实我的担忧不止此。

"妳不觉得残忍吗？撩完朴彬就消失，他会怎么想？"我问。

"当然是想着我啦！"她笑了，"我就是要他心里始终有我，即使以后结婚生子，我仍然像个烙印，深深烙在他的心口上。"

显然姐姐乐观地以为朴彬曾对她心动过，所以只要得到一个微笑、一句招呼便是恒久，从此心心念念，像身上的朱砂痣，去也去不掉，但如果事与愿违呢？

"如果他……"

我光顾着讲话，忘了这是大马路，陆续已有赶早的人出现。

"圆圆呀！妳怎么……好像在跟人说话？"卖菜大婶问。

"没……没有呀！"我答，心跳得好快。

"我也看到了，妳在自言自语。"卖菜大婶的儿子落井下石。

我解释他们看错了，自己不过是跑步累了，唱一下**Rap**而已（当下还说唱两句），然后找个借口快步离开。

"吓死我了，"我边跑边想，"下次得留意别出乱子，省得被误会是疯子。"

～

"美女，空气烫需要放两次药水，时间会比较久，我让小弟再拿一些饮料及点心过来。"托尼老师说。

"好的，谢谢！"

有些重点学校不允许女生留长发，还好我们的菜场高中不限制（只规定不能烫发及编脏辫）。趁着高考结束，我想烫个

94

卷发转换一下心情，托尼老师说我是可爱型妹子，适合短发空气烫，但我舍不得剪短，所以依旧保持过肩的长度。

一切都进行得很顺利，直到烫好正要吹干时，金佳人出现了，很气急败坏的样子。由于没戴耳机，我听不见她说什么。

"怎样？喜欢吗？"托尼老师问。

"喜欢，太好看了。"

托尼老师帮我做的是大波浪造型，很飘逸灵动，我像女明星一样漂亮。

付完一千两百元，我走向乐天百货购物，由于金佳人臭着脸又"阴魂不散"，我故意不戴耳机，急死她！

等我提着大包小包进门，母亲一脸惊恐地告诉我家里遭人打劫了。

"丢了什么东西？有没有人受伤？"我着急问。

"没人受伤，只有妳的房间被打劫，妳赶紧去瞧瞧什么东西不见了。"

我丢下手中物直奔二楼，天哪！这哪是我可爱的房间？简直是浩劫后。瞧！我的化妆品和饰品全被扫到地上，椅子倒了，床上有不明液体。我接着打开衣柜，除了白衬衫，衣服全被剪了，一件不留。

"什么东西丢了？"母亲问。

我答什么东西都没丢，这一房间的凌乱是……我造成的，因为昨晚喝多了啤酒，发酒疯……

母亲愤而打我两下，说早提醒我别喝，这下好了，住猪窝了吧！

如果我还像以前一样胖，我真要以为母亲对我实施人身攻击。

"知道了，以后不喝了，妳下楼吧！让我打扫一下房间。"

母亲走后，我戴上耳机，对着横七竖八的景象喊："出来吧！"

一缕白烟从抽屉里冒出来，金佳人现身，一脸怒气。

"我烫个发，干卿何事？"我也来气。

"我不想要朴彬以为我是风尘女子。"

风尘女子？这说的可是我？

"听着，妳想当天仙，没人阻拦妳；我想当风尘女子，妳也别挡我的道。"

"但是朴彬……"

"又来了，妳的小伎俩不是很厉害？金手指一指，要什么发型没有？"

"早告诉过妳—我不是无所不能。"

这真奇怪！她的小伎俩可以改变容貌却改变不了发型，这是哪门子道理？

姐姐说爱信不信！她也很懊恼，如果段数高一点儿，就不用事事求我了。

"现在怎么办？"我把椅子扶好坐下。

"妳去洗直。"

"刚烫好妳让我洗直？很伤发质的好吗？"

"那么……答应我上飞机前恢复原状。"

除了点头，我还能怎样？

"就知道妳是我的好妹妹。"

说完，她走上前来给我一个拥抱，哪知我跳开来，椅子又倒了。

"妈的，"我惊叫，"金佳人妳做了什么？我全身着火了似。"

哪知"始作俑者"不见踪影，我喊了两声，她才出来，一副狼狈样。

"对不起，我忘了保持距离。"她答。

原来这就是人鬼接触的结果——两败俱伤。

"算了，以后我们都各自小心。"我说。

第二十一章/颜质即正义

除了偶尔败家，我还做了两件大事，一件当然是申请入读庆熙大学预科班，另一件则是考驾照，让我先谈谈申请入学。

中介建议我先在国内学好韩语，等三级通过再到韩国读本科，这样可以省下不少钱。

"不，我想到当地学，有那个环境，学习会更快更好。"我答。

拗不过我，中介改口问我住校吗？通过他预定有优惠。

"宿舍在校园内吗？"

"不是，是外包，不过离学校很近，可煮饭，很方便。"

再问价格，每月竟然要68万韩元（约四千元人民币）。

"你是不是在坑我？"

"怎么会？我不坑美女，"他满脸笑意，"再一个小时我就下班了，我们找个地方吃饭，我会告诉妳如何租到更便宜的房。"

我直接给他软钉子碰，并且走进同一栋楼的另一家留学中介公司，那个短发女子倒是很干练的样子，简明扼要地告诉我所需的材料及费用，听起来还算合理，我便签了合同。

"妳的住宿问题解决了吗？"她问。

我答还没。

"那么得快点儿下决定，庆熙大学的校内宿舍很紧张，一般是排不到，而且多是四人间；校外的宿舍有很多选择，但参差不齐。"

想到我和鬼魂在一起，铁定不能有室友，遂提出想要租单人套房、离校近、购物方便。

"我试试，不过价格会比较贵。"她说。

我答没问题。

几天后，短发女子打电话告诉我预科班及宿舍皆办妥，她已经发确认邮件给我，请查收。

一件以为棘手的事就这么解决了，感觉像在做梦似的。

再说考驾照的事，考试流程就不说了，我谈谈驾训班教练。带我的是一个二十多岁小伙子，对我非常和颜悦色，仿佛在和幼儿园小朋友说话，搞得我很不自在。

上完第一堂课，我对他说我已经18岁，他可以用大人的口吻跟我说话。

"我知道妳已经18岁，否则也无法考驾照，我……我想对妳说，妳是我教过的学员中最美的一个。"他红了脸，"我今年29岁，刚买了房，我们可以处处看。"

我的妈呀！这也太快了吧？吓得我不敢再去练车，紧急换了一家（白浪费了学费）。

"我终于知道'颜质即正义'的道理，现在走到哪里都是绿灯通行。"我感叹地说。

姐姐答也不全是，有些心态扭曲的人就会故意刁难俊男美女，还有，美貌是有期限的，加上更新快，大概春风得意一阵子后就得让位，那种失落就像从天上掉入地狱，更甚的是若被讨厌的人盯上就完了，甩都甩不掉。

我现在正处春风得意期，对于未来会有的负面情绪不是很了解，但被讨厌的苍蝇盯上可是感同深受，好比卖菜大婶的儿子。

金佳人完全同意我说的，自从苍蝇加入晨跑后，她没办法和我边跑边聊，讨厌死了！

"妳怎么不施展一下妳的小伎俩？"我问。

"也对，明天就施展，妳等着瞧！"

"圆圆，妳跑慢点儿，我快追不上妳。"

卖菜大婶的儿子果然又粘了上来。

"当然得快，否则就达不到运动的目的。"

"妳已经够瘦了，不用再减。"

"不行，我得瘦成纸片人，背后才不会有人说闲话。"

他问我谁那么大胆？敢说他女朋友的闲话。

我一听停下脚步，小矮子还差点儿追尾。

"你说谁是你女朋友？"

"妳……妳呀！"他大喘气，"我们已经约会好几天了。"

听完，我差点儿吐血。

"少脸上贴金了，"我拭去汗水，"我们家的彩礼起码要上千万，你有吗？"

他答现在没有，但不表示以后不会有，给他几年的时间打拼，他一定双手奉上。

"吹牛谁不会？但也得……"

我话还没说完，一只狼狗扑了上来，死死咬住那个刚吹完牛的人，我还能听到喀呲一声，大概骨头碎了。

"快！打120。"他喊，哭得上气不接下气。

我赶紧掏出手机拨打，没多久救护车哇呜哇呜地来到。车门关上前，那个泪流满面的男人请求我通知他母亲，我答应了。

当救护车驶离，我看见大狼狗追上去吠了几声，颇有耀武扬威的意味，这时我才注意到它的脚瘸了，带着血迹。

回到家，母亲正把炒鸡蛋端上桌。

"圆圆回来了，快坐下来吃早餐。"爷爷说。

"你们吃，我先洗个澡。"

等我洗完澡下来，发现桌上有肉粥及几样配菜，爸爸和爷爷正在看早间新闻，奶奶则在洗泡菜坛子（大概今天打算做泡菜）。

"圆圆，赶紧坐下来吃，待会儿做包子我需要用到长桌。"母亲催我。

"妈，"我坐了下来，"今天跑步时我又遇到卖菜大婶的儿子，他被大狼狗咬了，是我叫的救护车。"

"被狗咬了？也不知有没有狂犬病，还好狗没咬妳，只咬他……"

还好狗没咬我，只咬他……只咬他……只咬……

我扔下筷子离座。

"圆圆，妳还没吃呢！"母亲喊。

“不吃了。”我头也不回地答。

第二十二章/踏上留学之路

回到房间，我唤了姐姐好几声，她才出现，一副大病初愈的样子。

"妳怎么了？"我问。

"不舒服。"

"妳是不是又和人类身体接触了？"

"比那个更糟。"

想到卖菜大婶儿子的惨状，我问是不是她指使狼狗咬人？

"没有，人是我咬的，我不知道狗的咬合力原来这么大。"

等等，人是她咬的？怎么我看成是狗咬的？

姐姐解释她施展了一点儿小伎俩，借用了狗的躯体，只是没想到重新做回自己会如此痛苦。

什么？！她竟然变成了一条狗，我问是如何办到的？

"这个……以后再说。"

她的眼神闪躲，显然有事不对劲。

"妳现在就说，省得我猜。"

姐姐踌躇一会儿，还是告诉我答案，吓得我全身打颤。

"妳为了……让摩托车撞上狗，这也太狠心了吧？"

"除了这个，我想不到别的，再说，我挑的是时速很慢的车子。"

原来借用躯体得见血，而且互换的时间不能多过五秒。

"再怎么样，这是故意伤害，妳怎么可以……"

"我知道这件事做得不厚道，但我总得找个活体试验，否则到时换不回来，妳岂不遭殃？再说，我已经把狗带回来，就在后院里。"

什么？就这么闷不吭声地把狗带回家，我家人看了岂不吓死？

金佳人说狗的脚瘸了，需要动手术，祸是她闯的，但现在能救狗的只有我了。

"妳……哎！回头再找妳。"说完，我下楼找狗。

母亲问我这条大狼狗是怎么回事？

"它被车撞了，我怕妳骂我，所以把它留在后院里。"

"卖菜大婶的儿子是不是它咬的？"

"不是不是，"我把头摇得像拨浪鼓，"它很乖，不咬人。"

别看不久前它凶狠的样子，现在却很温驯，何况还瘸了条腿，更加楚楚可怜。

"我让妳爸带它去看兽医吧！流那么多血，不疼死了？"

"谢谢妈！"我上前拥抱，并给了她感激之吻。

～

回到屋內，我磨磨蹭蹭，就是不愿上楼。奶奶问我要不要学腌泡菜？我点头，于是整个上午都在忙活，空气中有很重的鱼露和虾酱味道。

即使吃完午饭，我也不回房，反而走到后院探望已经动完手术的狗。

"爸，医生怎么说？"

"他说问题不大，半个月后就能行走自如。"

我又问为什么他在锯木头？

"给狗造个小木屋。"爸答。

我父母都是文化程度很低的人，但他们都有一颗菩萨心肠，让我很感动，我希望自己也能成为那样的人，而不是老疑神疑鬼。

"爸，世界上有没有坏人？我是说看起来像好人，实际上是坏人。"

"当然有，但妳记住了，好人永远比坏人多，所以不要为了坏人弄糟心情，而要为有好人心存感激。"

是呀！好人永远比坏人多，尤其我不应该怀疑到姐姐身上，她也是为了确保以后不会伤害到我才做的试验，何况她还把受伤的狗带回家……

想至此，我释怀了。

～

韩国的预科班就是学习韩语的语学院，拿的是**D-4**语言研修签证，一般只给三个月或者半年，到期再续签。

等拿到签证，也到了上飞机的时刻，我和家人都难掩离情依依。

"妈，我走了，还好有阿福，就当……就当是我陪在你们身边。"我说。

阿福是我爸给大狼狗取的名字，它受伤的脚已经复原，每天活蹦乱跳的，给我们全家带来不少欢乐。我妈尤甚，把它当亲儿子养（我挺吃醋的），不仅大鱼大肉侍候，还允许它进屋来，只是偶尔它会冲着楼上狂吠，很凶猛的样子。

有一次奶奶问起楼上是不是有什么鬼怪？我很快答没有。

打从那次以后，我家楼梯口多了一道安全栅栏，目的是防止阿福上楼。家人埋怨了几次，最后不了了之，可见我们金家有多么容易息事宁人。

"圆圆，到了宿舍来个电话报平安啊！"母亲哽咽地说。

"会的。"

我佯装坚强，然后对爸爸、妈妈、爷爷、奶奶挥手道别。

等过了安检口，我才感到害怕，泪水在眼眶里打转。

"没事的，"一个假小子模样的女孩走到我身边，"我第一次出国也哭得稀里哗啦，后来就免疫了。"。

"妳也留学韩国？"

"不是，是英国，贵死了，还是韩国划算。"

我很想说选择韩国非我所愿，但又觉得交浅言深，所以话到嘴边又吞下。

"拜了，祝妳在韩国找到妳的欧巴。"

她还真说对了，我到韩国就是为了找欧巴。

"谢谢！借妳吉言。"我答。

第二十三章/和同学约会

中介为我租的公寓离庆熙大学正门约八百米，保证金五百万，月租**65**万，在**2**楼，一室一厅，位置好，离东大门市场约四站地，附近有地铁，公交车也多……

我挺满意的，尤其楼下就有**7-11**，不想煮饭时，吃他家的微波炉食品正好。

"圆圆，明天就上课了，妳得认真才行。"金佳人说。

"那当然了，我来韩国就是为了学习。"

"妳九点上课，时间长得足够晨跑，还是要做好身材管理。"

说到身材，处女座的姐姐对**98**斤有无可救药的执着，偏偏我的体重一直卡在**104**斤，离她的理想还有一小段距离，这带给我很大的压力，好比现在，我正撕开薯片包装袋，姐姐提醒我已经夜里十点了。

"我知道已经夜里十点，但飞机餐很难吃，下机过关再打出租车过来，根本没时间吃饭，我现在饿得要死！"

她很无情地说宁愿饿死也不要丑死，做人得自律。

"我偏不！"我将一大把薯片塞进嘴里，"我的身体我作主。"

"行，别叫我。"

姐姐化为一缕白烟回到我的抽屉（没错，我在抽屉里放了一面镜子）。

此时薯片在我嘴里咔滋咔滋地响，那么地单调与无趣。我想到人生地不熟，在韩国也只有姐姐这个亲人，如果把她气走了，我不也孤独？何况她只是想早点儿见朴彬一面，急于心切而已。

"好啦！我不吃了，妳出来吧！"我喊。

金佳人笑嘻嘻地出现，她说我是她的好妹妹，举世无双。

韩国语学院都是小班授课，一个班不超过12名学生，堪称小型联合国，既有中国来的学生，也有美国、日本、泰国、越南、荷兰……等。

第一天上课照例得来个自我介绍，我发现别的同学都有备而来，至少介绍自己时用的是韩文名，哪像我，一点儿准备也没有。

"Hi，I am Jin Yuanyuan. 我是金圆圆，来自中国。I come from China."

一个中国人长相的男孩噗嗤一笑，我刷地脸红了，谁让我在韩语课上中英文并用，简直不伦不类！

给我们上课的是一位韩国人工美女，脸部有很强的硅胶感，虽然外表看起来不容易亲近，但教学态度还算可以，第一天

上课就教全班"金圆圆"的韩文是김원원，发音是**Kim Wan Wan**（听起来很像"齐万万"）。

好不容易熬到下课，我走到教室外呼吸新鲜空气，即使十分钟也好。

"齐万万……齐万万……金圆圆。"

听见有人唤我，我转过头去，原来是"心脏"，方才上课对我噗嗤一笑的男生。

"嗨！我是**Sin Gan**，同样来自中国，请多多指教。"

我的韩语零基础，刚才上课很吃力，不过通过肢体语言，我还是了解到这个男生发音错误，把自己的韩文名说成了심장（**sim jang**，心脏），还好这次说对了。

"你的中文名是什么？"我问。

"信江。"

"我问全名，不是姓氏。"

他告诉我信江就是全名（相信的信，一江春水向东流的江），不是长江，也不是鸭绿江，而是信江。

这次换我噗嗤一笑，说他真风趣，还有，这是第一次我遇上姓信的人。

他解释"信"这个姓出自姬姓，战国时魏国公子信陵君便是。

信陵君？这个历史课本上见过。

"敢情你是皇亲贵族的后代，失敬失敬！"我调侃他。

"好说好说，"他拱手作揖，"妳也住校外的学校宿舍？"

"没有，因为我的要求比较多，所以……"

"好可惜，不然我们可以早晚都见面。"

韩国语学院是半天制授课，分上午班（9:00～13:00）及下午班（13:30～17:30），正因为我和信江同时选择上午上课，否则大概也碰不上面。

"距离产生美，也许有一天我们会宁愿不见面，因为看腻了。"我说。

"也许妳会看腻，但我不会，"他深深看我一眼，"有没有人说妳长得像朴宝英，她是我的偶像。"

回到公寓，我揽镜一照，某些角度的确有点儿像朴宝英。

"妳在干嘛？"金佳人从镜子里飞出来，吓我一跳。

"能别这么吓人吗？"我捂住胸口，"今天有男同学说我长得像朴宝英，所以我照镜子核实一下。"

"朴宝英？谁是朴宝英？我只认识全智贤。"

我知道姐姐为什么这么说，因为她经常被误会是韩国女神—全智贤。

"妳一个早上都在干啥？"我转话题。

"回家一趟，然后发现小四的儿子已经三岁了，淘气得很。再告诉妳，我爸现在两头跑，尤其原配已经回国，不分配好时间，后院很容易起火。"

我问原配可是一个人回国？

"不是，我……姐也回来了，现在就读庆熙大学的中文MBA项目。"

"中文MBA？意思是她的中文很厉害？"

"也许吧！这也没什么，韩国人很热衷学中文。"

"这倒是。"

就这么天南地北地闲聊，转眼时针已指向五。

"不说了，我有约会。"

"跟谁？"她颇为惊讶地问。

"同学，他约了我吃鸡。"

金佳人要我带上她。

才不呢！有病才带上她。

我把包裹的化妆镜拿出来放桌上，然后毫不犹豫地走出家门。

第二十四章/代写作业

其实今天我已经跟"信陵君的后代"午餐约会过，因为下午一点才结束上课，这个点很尴尬（走远了怕没午餐供应），加上对周遭环境不熟悉，我选择到学校食堂吃。偏偏有此想法的不止我一人，几乎班上同学全到齐了，基于"人是故乡亲"及不愿被贴上"孤僻"的标签，我不介意和老乡同桌共食。

讲到学校食堂，这里提供的选择只有两种，一种是拉面加蛋，2000元；另一种是学生套餐，四菜一汤附米饭，3000元。

"我猜妳是北方人。"信江说。

"为什么这么猜？"

"因为妳吃面。"

他算是猜对了，北方人喜欢食面（附带一句，身为地道的威海人，主食我更钟意结实的大馒头或饼，可惜没有）。

"那么我猜你是南方人。"我说。

"为什么这么猜？"

“因为你吃米饭。”

“哈！妳错了，我也是北方人，爱吃米饭的北方人。”

因为前面的铺设，我被他错误引导，如今猜错了，我有上当受骗的感觉。

“妳怎么不说话了？”他边吃边问。

“我不喜欢流里流气的人。”

“我？流里流气？”

“嗯！”

然后我们两人同时陷入“无话可说”的尴尬境地。

由于“不说话”，信同学很快便吃完学生套餐离开，没多久，他捧着拉面过来。

“你的食量很大吗？”我忍不住问。

“我的食量不大，但为了妳，我吃两份。”

呵！这个锅我可不背，我没让他吃两份。

他说我误会了，只是想利用这个方式表达歉意。

既然对方示弱，我只好退一步海阔天空，安慰他：“你想多了，事情没那么严重。”

“那么晚上我们一起吃炸鸡配啤酒，来个大和解吧！”他乘胜追击。

自从看了风靡全亚洲的韩剧《来自星星的你》之后，“在韩国吃炸鸡配啤酒”便上了我的梦想清单，没想到第一天上课就有人急着帮我圆梦。

“也好，反正今天功课不多。”我接受了邀约。

～

所谓的"约会"，范围其实很广，并不局限在男女朋友之间，好比现在，我和信江戴着塑料手套大啃红通通的鸡腿，一点儿美感也无，遑论浪漫。

"不知从何开始，炸鸡和啤酒的搭配深入人心，其实炸鸡配任何带气的饮料都爽的一批。"他说。

何止爽？我们两人点了四份炸鸡、两份年糕、两杯大啤，老板娘又送我们两瓶汽水，我感觉胃要炸了。

"对身材而言可不爽，"我有感而发，"回去我肯定挨骂。"

"妳不是一个人住？"

"不是，姐姐跟我一起住。"

为什么要强调自己不是独居呢？还不是父母教的，他们认为可借此打消某些不良份子的歹念（当然，信江看起来不像不良份子，但是人心隔肚皮，谁知道呢？）。

"那么哪天妳约妳姐姐，我约我室友 **Park Bin**，我们四人一起出去玩。"

"谁？ **Park Bin？**"我惊呼。

"他还有个中文名叫朴彬，不过他的中文不太好，英语倒说得挺溜的，也难怪，他高中以前读的是国际学校。"

真是"踏破铁鞋无觅处，得来全不费功夫"，本来我还想着该上哪儿找朴彬，他的室友就主动联系上。

"好呀！回去我问问姐姐。"我高兴地答。

我一进门，金佳人便示意我戴耳机。

"**What？**"戴上后，我问。

"不可以见面，妳还没减到**98**斤。"

"妳到底在说什么？我怎么听不懂？"

"我说妳今晚吃太多，上床前得做两百个仰卧起坐，还有，现在不能跟朴彬见面，因为妳的体重未达标。"

我沉下脸来，问她是不是跟踪我来着？

她毫无愧色地承认，还说跑死她了，因为不是每个地方都有镜子，她左拐右绕才赶上我们。

面对跟踪者，我自有办法整治。

"那行，我做仰卧起坐，妳帮我写作业。"我说。

"金圆圆，妳皮痒是不是？"

我不理她，躺在床上做仰卧起坐，也不知做到第几个，起床喝水时发现桌上的作业已完成，一笔一画，工整极了。

第二十五章/两个爸爸

西方有句谚语："**Heavy is the head who wears the crown.**"，翻成中文就是"欲戴王冠，必承其重"。咱们中国也有类似的说法，好比：欲达高峰，必忍其痛；欲予动容，必入其中；欲安思命，必避其凶；欲情难纵，必舍其空；欲心若怡，必展其宏；欲想成功，必有其梦……我，金圆圆，也有专属的说法：欲得高分，必靠自己（原因无他，靠山山倒，靠人人跑）。

要实例？请看！

"**Kim Wan Wan**，¥#%@*+………" 我们的硅胶女老师问我。

老实说，除了名字"齐万万"听懂外，其他都是外星语。

"**Nei.Nei.Nei……**" 情急之下，我只能拼命点头同意对方说的。

老师一头雾水，再次重复她的问题。

我心想既然答"是"不对，那么答"不是"（A ni ei yo）试试，结果更惨。老师快步走过来翻看我的作业，然后指出其中一道题让我念出答案。

天知道作业是金佳人完成的，我连问的是什么都不清楚。

"Zou……Zou……"除了"我"之外，我再也吐不出任何字句。

假面老师此时露出真面目（相信我，可怕得很），她转身在白板上写下一个外星文，然后打上一个大叉叉，再接着写另一个外星文，然后打上一个大勾勾。我得出的结论是：第一个外星文是"抄袭作业"，所以得差评；第二个外星文是"自己完成作业"，所以得一颗小红心。

我郁闷死了，尤其班上同学都知道我来自中国，出国一趟没给祖国增光，反倒让它蒙羞，我恨不得挖个地洞钻进去。

好不容易熬到下课，我走到教室外呼吸新鲜空气，即使十分钟也好。

"齐万万……齐万万……金圆圆。"

我知道是信江唤我，所以没转过头去。

"很丢脸哪！"他走到我身旁说。

"我知道。"

他接着提议吃完中饭一起上图书馆念书、写作业。

我答好，乖巧得像一只绵羊。

洗完澡走出来，金佳人问我一整天都上哪儿去了？

"妳没跟踪我？"我讽刺。

"没，我有自己的事要做。对了，妳今天晨跑了吗？"

"没，我也有自己的事要做。"

姐姐说我的正事就是减到**98**斤，好让她去见朴彬。

"不，我的正事是学习，免得被老师抓包。"

"妳终于觉醒了，"她很开心，"以后的功课还是得自己写。"

我答那是肯定的，当众出糗的事一次就够了。

然后我们拉拉杂杂又谈了些琐事，之前的磨擦很快烟消云散，我们又成了无话不说的好姐妹。

"告诉妳，我今天回家了，看到小四和……孩子住在我和母亲住过的房子内，心里好难受。"

我安慰她"天道好轮回，苍天饶过谁"，很快会有人自食恶果。

说完，我有被打脸的难堪，金佳人的母亲是小三，不也自食恶果了？还好姐姐没对号入座，反而附合我的言论。

"妳说的没错，我爸自食恶果了，那个小男孩不是他的，真正的生父最近才出狱。"

什么？！这么狗血的剧情竟然也会发生在现实生活中？我问接下来该怎么办？

"铁定得拆穿，好替我妈报仇！"她愤恨地说。

"怎么拆穿？"

金佳人把眼光放在我身上。

"不，不行，别拉我下水。"我恐惧地答。

我再一次妥协，几天后我上金家应征中文教师。

"金老师，实话告诉妳，我儿子坐不住，妳只要确保他安全，同时会一点儿基本会话就行。"

没料到小四也是中国人，有东北口音。

"好，我尽力。"

一个下午我好像动画片《猫和老鼠》里的汤姆，那孩子就是杰瑞，我时不时要把他捉回来。

"金东元，我们来折纸飞机，看，马上就能飞了。"

我找来**A4**纸，并且立即动手制作，这次小男孩终于肯安静下来。我正庆幸方法得宜，有人开门进来。

"**A bo ji ～**"小男孩抛下我，奔向那个面露疲态的男子。

A bo ji? 爸爸？原来他就是金佳人的父亲，我又多看了两眼。

那个年过六旬的男人抱起男孩亲了又亲，画面更像爷爷和孙子。

"**Nam pi-on，$&*/@……**"小四指着我说。

我赶紧起身向他鞠躬，嘴里说着："**An nyeong ha sei yo.**"

他对我点一下头，很快进房间，小四也跟过去。

我把"失宠了"的金东元叫过来，温柔地对他说："爸爸和妈妈走了，你只有我。"

明知他听不懂，我还是开着玩笑。

"**A bo ji ……dul ……**"他伸出两根手指头。

韩语里的数字有两种说法，一种是将中文的一二三四五……直接音译，所以读法也跟中文很相近（如：**il、i、sam、**

sa、oh……）；另一种是韩文固有的读法：hana、dul、set、net、daseot……显然小屁孩使用的是后一种的说法，意思是"爸爸有两个"。

我一时语塞，这孩子也太可怜了。

"没事，"我把他搂在怀里，"至少你还有爸爸。"

第二十六章/陪跑教练

相比欧美，到韩国留学的费用低多了，而且韩国政府允许留学生打工，对于经济不宽裕的人来说很具吸引力。那么韩国留学生都打什么类型的工呢？途径其实很多，譬如：餐厅服务员、中文导游、建筑工地小工、便利店收银员、家教、中文教师……等。

讲到中文教师，韩国的外语补习选项中，中文已经上升到第二热门外语（仅次英语）。报酬不错，时薪约一万韩元，若是到府上课又更高，依据距离的远近，每小时能达到三万，然而小四却只愿给我一万五，原因是……我乃非法打工。

"妳的签证是**D-4**，"她指着护照上的小贴纸，"按理不能打工，所以我只能给妳符合身份的价码。"

依照规定，拿**D-2**签证且完成一年以上修学课程的留学生（不包括语言研修）才得以打工。显然我不具备上述条件，雇主说我非法打工乃有理有据，还好我不缺盘缠，打工只为了完成姐姐的心愿。

"可以，是日结吗？"我问。

"是的。"

于是我开始每周五天的打工生涯，时间：周一到周五，下午两点到五点（这个时间是为了满足女主人睡午觉及偶尔的外出）。

～

梨泰院位于韩国首尔龙山区南山东麓，原来是驻韩美军的军营处，不少军眷居住在此，包括一些美韩混血儿，由于长相不韩不西，他们被称为"异胎"，所以梨泰院原来的写法是"异胎院"；另一种说法是当年此地作为美军基地，许多桃色交易应运而生，特种行业人员若不慎怀孕会进行堕胎，即"离胎"，地名便是取其谐音，成了"梨泰"。不管真正的名称从何而来，为了满足购物需求，韩国人开始在梨泰院附近开设商店乃不争的事实，久而久之，梨泰院便发展成为一个具有异国风情的旅游景点，更进一步成了汉江以北最著名的豪宅区，不少财阀都住在这里，包括三星集团李氏家族。

话说金佳人和金妈妈原来也住在梨泰院的别墅区，如今物是人非（换上小四及其儿子），只能感叹沧海桑田。

这一天，小四没睡午觉，反而打扮得很妖艳，上身是豹纹紧身衣，胸口开得很低，底下是黑丝袜，简直春情荡漾。

"我出去一趟，有事打我手机。"说完，她快速在宝贝儿子的脸颊上小啄一下，然后推门而出。

"妈妈走了。"我对小男孩说。

他一点儿也不感伤，仿佛走掉的人跟他一点儿关系也没有。

我把家里的中文童书拿出来上课，他只专注五分钟便被玩具收银机给吸引住，我被迫和他玩角色扮演的游戏，我是老板，他是顾客。

起初我并不排斥，反正寓教于乐（可以顺便教他中文数字和会话），但后来却变味了，因为他开始不满足客厅里的东西，转而到主卧室取，什么都拿，腰带、指甲油、假发、粉扑、性感睡衣……最后连保险套也拿过来结账。

"好了，游戏到此为止，你把东西都归位。" 我说。

金东元听不懂，反身又要回主卧室，我将他抱住，此时有人开门进来。

"An nyeong ha sei yo." 我说。

虽然很好奇男主人在这个时间点回家，但我仍若无其事地和他打招呼。

他点了一下头，眼光落在沙发上的东西。完了！这要怎么解释？

" Kim Dong Won ……" 念完小子的名字，我再也接不下去。

男主人唤了声小四的名字，没得到回应，嘀咕几句后自行回房间。

我赶紧抓小屁孩念书，因为闻到不寻常的气息，果然半小时后小四赶回家安抚老公，我这才发现她的小腿很白皙，因为下午出门前的黑丝袜已经褪去。

"老天！这是赤裸裸的出轨。" 我心想。

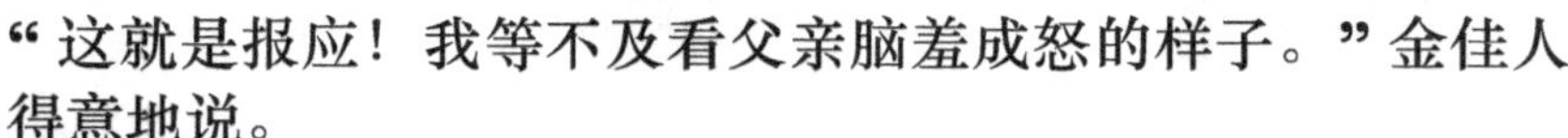

"这就是报应！我等不及看父亲脑羞成怒的样子。" 金佳人得意地说。

"即使他和小四分开又如何？"

"我就是要他意识到自己的错误，当初是'捡了芝麻丢了西瓜'。"

"可是妳和妳妈已经死了呀！"

姐姐抿抿嘴答她猜想父亲尚不知情。

就算不知情，仍然无法掩盖她们二人已经死亡的事实，她父亲能做的，顶多到坟前祭拜一下而已。

金佳人表示那也聊胜于无，犯错的人总得对曾经伤害过的人表达歉意，即使只是一鞠躬，那也是一种慰藉。

知道姐姐要的是一个态度，这多少让我释怀，毕竟小四和孩子与我无冤无仇，我却要他们远离舒适区，有点儿说不过去。

"行，妳说怎么做，我照办就是。"

"先观察个几天吧！我还没想好如何一击中的。"她答。

信江问我最近为什么没到食堂吃饭？我答食堂里的东西千篇一律，早吃腻了，加上下午得打工，怕来不及，我通常在去的路上随便吃点儿，可能是辣炒年糕，也可能是鱼糕串串儿，反正没空坐下来吃。

"打工？妳拿的是**D-4**签证，如何打工？"他问。

"嘘～小声点儿，"我左看右瞧，直到确认周围安全，"我打的是黑工，教一个三岁小孩说普通话。"

"原来如此，我还以为自己被甩了呢！"

他还真搞笑！我们是同学，何来甩不甩的问题？

信江答开开玩笑而已，说真的，如果有那么个机会，不妨也带上他，他是穷学生，极需勤工俭学。

就因为信同学这么一段求职宣言，姐姐把苗头指向他。

是这样的，我的体重从原来的**190**斤降到**104**斤，堪称励志表率，但仍不能让姐姐满意，因为她的理想体重是**98**斤，而我再怎么努力也达不到（即使吃泻药，那也是暂时的，很快又反弹）。我们两姐妹已经就这件事吵了好几回，我认为她强人所难，她则指责我不能感同深受她迫切想见朴彬一面的心。

哎！我怎么不晓得？但**6**斤的差距实在跨越不了，我能怎么办？

结果我回家一说溜嘴，提到信江想打工，金佳人便天马行空起来，提议让信江陪我跑步，按小时付费，很快就能立竿见影。

我才不要，跟"有点儿熟又不太熟"的男同学跑步，多尴尬！

她答她要的就是这种尴尬，为了解除尴尬，我才会用心减肥，说到底，这是"长痛不如短痛"，她也不愿拖我这么久……（姐姐不提，我也不好埋怨，就因为自己没减到**98**斤，我被迫和鬼魂一起居住，一点儿隐私也没有。）

"好吧！死马当活马医，我争取一个月内见效。"我答。

信江一听说我要雇他当陪跑教练，笑得合不拢嘴。

"别高兴得太早，一个小时一万五，多了我付不起。"我说。

"没问题，何时开始？"

"明天，待会儿我发公寓地址给你。"

第二十七章/苦孩子

隔天一早，我听到楼下传来"齐万万"的呼喊声。

"还不到六点。"我打开窗户说。

"没事，妳慢慢来，我只是想确认自己没搞错地方。"

真是的，这一来我还能睡吗？只能爬起梳洗一下，然后到楼下与陪跑教练会合。

按照口头约定，每天早上六点到七点他陪我跑步，时薪一万五，月结。

我的想法很简单，一个月后减到98斤就跟他拜，但信江不这么想，他以为这是天长地久的事，这可以从他的全身新行头看出。

"你该不会为了跑步买专用的衣服和鞋吧？！"我问。

"妳看出来了？"他很得意，"为了陪妳跑步，我特地到**Decathlon** 走一趟。"

我问他花了多少钱？他答不多，大概15万。

"月结时我给你。"我说。

"为什么？"

"没为什么，不想欠下人情债。"

我们往东大门美食一条街的方向跑去，经过首尔市立东部医院、大光中学、青龙寺、汉阳都城博物馆、再绕回到清凉里蔬果市场，时间刚过7:10。

"多出的十分钟，我照付。"我喘着气说。

"不用了，这样计算起来多麻烦。对了，妳姐姐怎么不一起跑步？"

"她……很忙。"

"那么待会儿学校见啰！"他挥一挥手，走了。

讲到金佳人，我也感到迷惑，自从来到首尔之后，她变得非常忙碌，有时一整天也不见踪影。

我戴上耳机上床，想边听音乐边入睡。

"圆圆～"金佳人现身，仍穿着白衬衫。

我捂住胸口，问她能不能别这么吓人？

"妳跟鬼相处这么久还会害怕？我以为妳早已胆大包天了。"

这真是个好问题，我也不清楚自己在恐惧什么。

见我沉默，她问我今天跑步还算顺利吧？！

"顺利呀！我在前面跑，他在后面追，两人保持五大步的距离，我感觉好像雇了个保镖。对了，他还问起妳。"

"我？问我什么？"

"问妳为什么不跑步？他知道我不是一个人住。"

"妳没说妳的姐姐是鬼吧？"

我哈哈大笑，问她最近都在忙什么？

"两头跑，不是我爸这边，就是朴彬那边，有几个女生老在朴彬身边打转，讨厌死了！"

"妳有情敌了，该拉警报。"

"所以啦！妳赶紧减肥，我好跟他见上一面，让他一辈子都惦记着我。"

这也是我迷惑的地方，他俩在国际学校时早已认识，虽然彼时她是高傲女神，对他不理不睬，但如果是身上的朱砂痣，早有了，何需等到现在？也许他压根儿就不曾"一见钟情"过，姐姐想做的无非是"二见钟情"……

也不知是哪句话刺激到她，金佳人气急败坏地骂我是白眼狼，若不是她，我依然是个胖子；若不是她；我家依然一贫如洗；若不是她，我不知还窝在哪家工厂当女工，现如今，我却反过头来取笑她，好个好妹妹！

"我……"

我还没来得及解释，她已化为一缕白烟消失。

"她到底怎么了？像吃了炸药似的，我不过是说话直了点儿，至于吗？"我心想。

∼

由于多了中文家教的工作，我的时间排得满满的，虽然很累，但很充实。

这一天跑完步，信江说今天是周末，问我有没有空陪他出去逛逛，顺便买个耳机。

"耳机？为什么要买耳机？"我问。

"跑步时妳不说话，边听音乐边跑，我可惨了，没有其他东西转移注意力，跑步成了苦差事。"

原来如此！

以前姐姐陪我跑时，我们总是边跑边聊，时间一下子就过去了，现在换人陪，我和信江没那么熟，为了免去尴尬，跑步时我不说话，他难免无聊。

"十点行吗？我回去先洗个澡再休息一下，你说在哪里见面好？"我问。

根据信江的计划，我们先在学校大门碰面，再到明洞逛一逛，然后转战龙山区，那里有个很大的电子城。

我没意见，当下拍板敲定。

～

洞（동）是韩国的行政区划之一，相当于中国的街道，有名的譬如明洞、三清洞、仁寺洞、清潭洞……等，其中明洞最广为人知，它位于首尔中区，是韩国最具代表性的购物街，和商品中低档的南大门、东大门相比，这里的商品以中高档为主，附近还有乐天百货、新世界百货和很多综合购物中心。

我东逛逛西瞧瞧，不过一个小时的光景便已经买下不少战利品，然后跟着导航去吃一直想吃的肥牛辣章鱼。

这家"首尔必吃店"原来处在一个小胡同里，等位的人很多，半小时后才轮到。我们点了肥牛章鱼锅、红薯芝士条、炒饭、蒸蛋、桃子味米酒等。

韩国食物多辣味，这家的章鱼锅也不例外，不过辣得很过瘾，害我鼻水直流。

"妳的姐姐也爱吃辣吗？"信江问。

"不，她喜欢清淡，而且饭量很小。"

"妳的姐姐多大了？是学生还是已就业？像妳一样漂亮吗？"

我问他该不会想追我姐姐吧？

他很尴尬地表示若追不上我，追我姐姐也好。

我要他醒醒吧！追不上我，肯定也追不上我姐姐，她像一阵风，来无影去无踪……

"怎么听起来像鬼？"

"哪……哪有？人怎么会是鬼？呵呵！"我干笑两声。

"妳怎么就当真了？我不过是开个玩笑。对了，妳很有钱吗？刚刚看妳购物，我吓死了，还以为迪拜公主驾到。"

糟糕！我怎么不小心就露富了？我可是需要打工糊口的灰姑娘呀！

"那个……是代购，我哪有那么多钱？呵呵！"我又干笑两声。

就因为自己哭穷，结账时被信江给捷足先登了。

"你很有钱吗？"现在换我问他。

"实话告诉妳，我已经25岁了，在中国工作八年，钱攒了一些，因为学历不高，就想出国镀个金。换言之，本人绝非有钱人，但偶尔奢侈一下还是可以的。"

原来是个苦孩子，这下子就更没理由用他的钱。

"你说的电子城在哪里？我们赶紧过去。"我说。

第二十八章/女疯子

根据信江所言，首尔市内最有名的电子城位于龙山区，原本是一个果蔬市场，自**1987**年起摇身一变成为销售各种家电及电子商品的大商圈，它的产品价格比市价便宜**15%**以上，大减价时甚至能达到**30%**。

难怪他要上这儿买。

我们坐地铁**1**号线来到龙山站，左拐右绕后进入一栋还算开敞明亮的建筑物内（还好，我原以为他会在**Najin**街买，那里相对破旧许多）。

虽然没选择路边小店，但不表示信江想大手笔花钱，他不仅货比三家还一砍砍个对折。韩国人的脾气本来就欠佳，加上信江的韩语不行，好几次差点儿打起来，我看苗头不对，在酿成大祸前果断出手，花**14**万买下韩国产的蓝牙耳机。

"这也是代购的东西？"信江问。

"不是，是买给你的，因为刚才午餐由你买单。"

他死活不要，说我买贵了，又说午餐才四万，他不愿占我便宜。

"那怎么办？买都买了。"我无力地说。

"退了吧！"

想到会有的不愉快场面，我宁死不从，非要他收下不可。

"这样吧！妳把妳的旧耳机给我，妳用新的。"他说。

我的旧耳机虽是偷来的二手货，但好歹是德国牌子，原价可比14万韩元贵多了。

心里虽嘀咕着，但我还是把旧耳机从包里取出，同时叮嘱他要好好爱护。

"当然，我会把它供起来，早晚膜拜。"他嘻皮笑脸地说。

天黑以后我通常不出门，吃过晚饭便乖乖写作业，累了就做做柔软体操或看电视学韩语。韩国的戏剧蓬勃发展，每晚都有我喜欢的剧，即使听不懂，看看俊男美女也好。

这一天夜深了，为了得到好的音效且不破坏邻居间的感情，我戴上耳机看电视，当发现频道上竟然有周星驰的电影（韩文字幕，粤语发音）时，我喜不自胜。虽然本人的广东话麻麻地，但这不妨碍我看懂周氏无厘头幽默，所以时不时笑得上气不接下气。

"哈哈……哈哈哈……能不能让一让？妳挡住屏幕了。"我说。

"金-圆-圆-"

光听声音就知道金佳人生气了，而且很气很气。

算一算，姐姐已经有七、八天不见踪影，如果她是个大活人，我肯定敲锣打鼓寻人去，偏偏她不是，我乐得享受一个人的宁静生活，如今她又神不知鬼不觉地出现，让人好生奇怪。

"别气，再一下下就好，厉鬼马上出来了……"

说时迟那时快，"啪"的一声，电视屏幕全黑了，机子身后还冒烟，传来一股恶臭。

"金-佳-人-"我怒不可遏，"妳干了什么好事？这电视机是房东的，到时我如何交待？"

我一抱怨完，床上多了好几沓纸钞，我感到不可思议极了，言明这不是钱的问题，而是尊重，她太不尊重我了！

"好，我尊重妳，事先跟妳说一声，后天晚上七点，妳到和平殿堂正门跟朴彬说 **Han Eun Hye** 不来了。他若问为什么，妳就答不清楚。"

和平殿堂是庆熙大学的一抹独特风景线，乍一看，这栋有花窗玻璃和哥特式廊柱的教堂颇有哈利波特魔法城堡的感觉。

"谁是 **Han Eun Hye?**"我问，"还有，我的体重还没减到 **98** 斤，如何见朴彬？"

"**Han Eun Hye** 是个讨厌的女生，天天缠着朴彬，另外，妳是以金圆圆的身份见人，即使胖到天际，我也不在乎。"

我接着问她要如何阻止 **Han Eun Hye** 赴约？虽然我可以谎报，但她人一到，岂不拆穿？

"放心，她绝对到不了。"姐姐答。

由于金佳人不肯告诉我要如何让讨厌的女生不赴约，所以我无法答应，因为想到家里的阿福，当时不也差点儿成为轮下鬼？

我不点头，姐姐便变着花样折磨我，譬如从镜子里伸出头来吓唬我、把我的房间摇得天旋地转、让厨房里的锅碗瓢盆齐飞……

对于她的幼稚行为，我选择忽视，没想到今日晨跑她也来参一脚。

"拜托，就今天了，妳一定得到，否则出大事了。"她说。

"能出什么大事？无非朴彬和讨厌的女生在一起，**so what**？大学生还不能有社交活动？出去看场电影、吃个饭很正常的好不？"

"我就是不喜欢那女的，妳不过是传个口信而已，何难之有？"

我答是不难，但我如何保证讨厌的女生不会出车祸？想想阿福……

"阿福现在活得好好的，还得到妳父母的宠爱，有什么比这个结果更好？"

我坚定立场，姐姐若不告诉我如何使坏，我绝不帮她。

"妳真固执，"她停顿一会儿，"好啦！实话告诉妳，到时候我会把她锁在房间内，即使舍监阿姨拿来备用钥匙也打不开。"

听到不会出人命，加上姐姐又好话说尽，我再次妥协了。

"就知道妳是我的好妹妹，大恩不言谢，拜了！"

姐姐走后，耳机又传来美妙的音乐。我快步跑向世宗大王纪念馆，它的正门离我的公寓不到五百米。

跑完步，通常我和信江会寒暄几句，然后挥手道别，但今日不一样，他仿佛被雷击中，很木讷（是那种惊吓过度后的木讷）。

"那么……待会儿学校见。"我说。

"嗯！"

看他跑步远去的背影，我愣了好几秒才恍然大悟，刚刚跟姐姐对话，不知道的人肯定以为我在自言自语，这不是精神病吗？

想到被信江贴上"女疯子"的标签，我郁闷得要死，怎么就这么不小心？哎～

第二十九章/朴彬

还真别说，到了学校，信江看我的眼神就不对。

"哼！误会就误会了呗！我还在乎你不成？"我心想。

下课后，我走到教室外呼吸新鲜空气，即使十分钟也好。

"齐万万，"信江走了过来，"今天打完工妳有没有什么节目？没有的话，我们去吃炸酱面。"

韩国炸酱面和中国炸酱面从外观上看就很不一样，前者黑糊糊的，看起来很不讨喜（吃起来倒挺可口）。

对于信江的吃面邀约，我以"打工很赶，正想中午以炸酱面裹腹"给打发掉。

"那么晚餐妳想吃什么？我奉陪到底！"

瞧！他肯定有事，竟然用这种山大王的口吻跟我讲话。

我也来气，回答挺想吃夜来香的中华料理。

韩国人眼里的中华料理无非三种：炸酱面、辣海鲜面、糖醋肉(更接近锅包肉），显然这些都是改良版。至于正宗的中国菜，一般会冠上"正统"或"本土"二字，以便与改良过的中华料理有别，我提到的夜来香，全名正是：夜来香—正统中华料理店。

"行，打完工妳直接到店里，我会提前占位。"他答。

夜来香走的是高档的中华料理，我没去过，只是略有耳闻，没想到信江一口答应下来，我反倒有骑虎难下的尴尬。

"算了吧！那家店很贵，以后再去。"

"何必以后？不过是环境好一点儿、东西贵一点儿、结账还收取10%的小费而已。"

看！这不是存心找茬？

"既然你不在乎月底吃泡面，我还有什么好顾忌？就它了，不见不散。"

我赶到梨泰院，时间恰好14:10，迟到十分钟。

"对不起，我迟到了。"说完，我鞠了个躬。

"我赶着出门呢！妳这不是耽误我时间？"小四指责我。

我再次道歉。

"算了，进来吧！我还得带公公婆婆去医院。"

公公婆婆？我把目光投向屋内，果然榻榻米上坐着两位老人。

"他们就是金佳人的爷爷奶奶？看起来刀枪不入的样子。"我心想。

在姐姐的描述下，那两老人就是家里的元帅，说一不二，同时有很根深蒂固的传统思想，"重男轻女"便是其中之一。

"Kim Dong Won，#@&*%........"

时间就是金钱，小四把金东元叫过来上课，那熊孩子却往奶奶的心窝里钻，不知道的人还以为我是恶老师。

"金东元，"我向他招手，"上课了，老师讲孙悟空的故事给你听。"

那孩子依然故我，还一副哭哭啼啼的模样，完了，这工作还保得住吗？

还好小四在这方面算明事理，她把儿子抓过来上课，顺便催促老人上路。

"我带他们上医院做体检，先生若问起，妳就这么答。"小四说。

"好的。"

他们仨走后，我把小男孩抱在怀里，告诉他中国最有名的猴故事，当讲到孙悟空偷吃蟠桃时，铃声响起。

我检查一下我的包，不是我的手机响。

金东元离开我的怀抱跑向主卧室，没多久拿来一部手机，想必是小四落下的。

"喂！"对方说。

真是的，金东元竟然按下接听键，我正想挂了，对方又开口，说的还是字正腔圆的普通话。

"妳怎么不说话？以为不说就没事？等我从中国回来见一面，老地方，妳把孩子带过来。"

我赶紧挂上手机。

原来金东元的生父也是中国人，小四到底是怎么想的？找了个接盘侠，结果又两边游走，连孩子也知道自己有两个爸爸，天底下有这么当妈的吗？

"**Su Wu Ko.**" 金东元指着我手上的书说。

"不是**Su Wu Ko**，是**Sun Wu Kong**，来，"我把他抱入怀中，"我继续讲孙悟空的故事给你听。"

夜来香果然是高档餐厅，不仅大红灯笼高挂，桌椅还都是实木，很显高端大气。

"你点了吗？"我问信江。

"还没，等妳。"

我翻了翻烫金的菜单，点了鱼香茄子、东坡肉、青岛啤酒，然后把棒子交给信江。

"炒饭和白开水，谢谢！"他对那个说中国话的服务员说。

什么？！我以为他会多点几道，所以自己才点了两个菜，早知道就不客气了。

他解释来时的路上已经吃了烤奶酪和鲫鱼饼，炒饭是点给我吃的，不够再叫。

约好一起吃饭，他却提前吃，省成这样，让我更有理由相信这是场鸿门宴。

虽然心中怀疑，但美食（餐前小菜）当前，我顾不了那么多，还是先大快朵颐一番。

等主菜一一上桌，信江话锋一转，提到他的室友人不错，长得也好，所以很讨女孩子喜欢。

"帅哥谁不喜欢？"我答。

"他长得挺高的，将近一米九。"

"这么高？打篮球一定吃香。"

"我们有时会互教对方语言，他教我韩语和英语，我教他普通话。"

"很好呀！"

"据我所知，他喜欢可爱型的女孩。"

"可爱的女孩大家都喜欢……你怎么一直提你的室友？"

他说他以为我会对朴彬感兴趣，我答不过是照片上见过，搞不好走在路上都认不出来。

"照片？"他问。

糟糕！这要如何解释？

还好时间已经到了六点半，这给我逃脱的借口。

"以后再跟你说，我有约会，拜了。"说完，我起身离开。

第三十章/奇怪的信江

远远的，我看到一个威武挺拔的男生站在和平殿堂正门前，他的侧脸像大卫雕像一样俊美，我因此猜他有少许的混血基因，奇怪！照片上倒没看出来。

我走上前去，他没注意到我，依旧东张西望。

" An nyeong, oba." 说完，我石化了。

韩语中的"你好"和"早安"都是An nyeong（非敬语），姐姐一直想亲口对男神道早安，这个心愿反倒由我先完成（虽然我的意思是"你好"）。

" An nyeong." 他对我微笑。

天啊！人怎么可以好看成这样？牙齿这么白、气质那样佳、笑容还治愈，简直是跌落人间的天使……

"Choe gi yo ……" 他唤醒徜徉在另一个世界的我。

我大梦初醒，赶紧用蹩脚的韩语告诉他 Han Eun Hye 不来了。

他果然问为什么，我把"不知道"丢给他。

朴彬皱了皱眉头，拿出手机拨打，也许金佳人施了小伎俩（让讨厌的女生连手机都接不了），他不得不接受现实，转而谢谢我通知他。

我答不客气，然后他问起我的名字。

" Kim Wan Wan…… Kim Wan Wan……Kim Wan Wan……" 我一连说了好几遍，因为音调没保握好，每一次都有些许差异，以致最后我也搞不清楚到底念对了没。

朴彬又笑了，他说我很可爱。

可爱？说的可是我？我感觉自己快乐地想飞起来。

惊喜的还不止此，我看见他从口袋里掏出两张音乐剧门票。

" Nei." 我开心地答好。

然后他把票塞给我，挥挥手，走了。

就这样？我还以为他会和我一起去看音乐剧呢！

虽然会错意，但能得到两张免费的门票也是乐事一件。

我伸手招来一辆出租车，把票上的地址指给司机看，他点一下头，我立马上车。

～

我以为当晚金佳人会现身，但没有，我乐得让歌声在脑中回放，然后一身优雅地走入梦乡。

隔天一早，信江一脸凝重地跟在我身后跑步，我有个错觉，好像死神追着我跑。

" 妈的，这是花钱找罪受。" 我心想，然后跑向广藏市场。

广藏市场很像国内的农贸市场，九点才开市，可见此时商家都忙着进货，加上走道狭窄，我的闯入显得突兀，说白了就是欠揍。更惨的是，我一不小心撞上推着鱼货的小车，让车上的鱼和虾散落一地，没等大叔开骂，我掏出几张钞票熄灭怒火。

大叔叨念几句后，给了我一大袋的蟹、虎头虾、蛤蜊、香螺、鲍鱼……等。

我摆了摆手，表示不要，然后继续向前跑去。等回到公寓楼下，我才惊觉信江把大叔的海鲜给接收了。

"今晚你可以煮海鲜锅犒劳自己，就当抵我昨晚夜来香的饭钱。"我说。

"宿舍里不能开伙。"

"那怎么办？你打算卖掉吗？"

他问我的公寓里有没有冰箱？我答当然有。

"那么这袋海鲜先寄放在妳这儿，晚上六点我准时上门取。"

然后的然后，我拎着海鲜上楼，一脸的莫名奇妙。

上完小屁孩的中文课，回家不到五分钟，楼下传来"齐万万"的呼喊声。

我打开窗户往下看，吓得汗毛直立。

"我跟朴彬说妳请吃海鲜锅。"信江解释。

这是什么跟什么？我根本没请客好吗？

碍于"男神"在场，我不好意思赶人，只能敞开大门迎接。

"金圆圆，请笑纳。"朴彬说完，很恭敬地递上一打的真露，它是韩国第一品牌烧酒，具有八十多年的历史，被誉为韩国的"国酒"。

看来他们打算边吃海鲜锅边饮烧酒，不过我更好奇的是朴彬竟然会说普通话，早知如此，我就不用祭出那拗口的韩语了。

"你的普通话在哪里学的？"我问朴同学。

"中文……一点点……信江……老师。"

原来信江是老师。

"金圆圆……昨天……教堂……很巧……"

见朴彬提起昨天的会面，我赶紧把话岔开，请他们就坐。那两人也没客气，问都没问一声便开了烧酒对饮，忘了那是给我的见面礼。

我摇摇头，把大号砂锅找出来，再将海鲜全洗净，前两天买的大白菜切成片，等水开，放入火锅底料及食材……

当我手忙脚乱时，金佳人就在我身边飘来飘去，我选择无视。

"妳姐姐呢？"信江哪壶不开提哪壶。

"她……很忙。"我把砂锅端上桌，自己也坐下。

然后信江向室友翻译，中英语并用。也难怪，他的韩语和我一样糟糕。

朴彬应该听懂了，他问："**Is she cute like you?**"

不需要人翻译，这个我也懂。

"No, I'm more cute."

一答完，墙上的装饰画突然掉落，信江问我怎么回事？

"没事，大概挂勾松了。"

我站起来把画拾起，紧接着卧室传出"碰"的一声。

"又怎么了？"信江又问。

"我……我进去瞧瞧！"

一关上卧室门，我找来耳机戴上，河东狮吼声马上响起。

"妳也看到了，是他们不请自来。"我压低声音答。

"那么妳为何说妳比我可爱？"

"拜托！他们又不知道妳是谁。"

"我不管，妳得澄清我比妳可爱。"

我说她太无聊了，连这个也要争？

"我什么都没有，而妳拥有了一切，包括美貌、身材、用不完的钱……"

"好了，别说了，我澄清去，妳别再出乱子，让我好好吃顿饭，可以吗？"

得到姐姐的承诺，我回到饭桌。

" Well，in fact my elder sister is more cute than me." 我马上开口澄清，并且意外发现用英语比韩语顺畅多了，没白费我花了十几年的工夫学它。

朴彬问我说的可是真的？那么改天真的得认识认识。

他的回答不无开玩笑的成份，我不以为意，但另一个人却让我上了心，因为他的脸部表情像早上一样凝重。

"你怎么了？没不舒服吧？"我问。

"没有。"他答，然后摘下耳机塞进裤袋里。

真奇怪，他怎么突然戴起耳机？

由于金佳人没再捣乱，接下来我们有了一个相对平和的晚餐时刻，朴彬还与我互留手机号码，甚至给了我一个意外的邀约—结伴听下周的马克西姆钢琴演奏会。

"Nei." 我答，开心死了。

我以为信江也会嚷着参一脚，结果他沉默地望向玄关处的穿衣镜，一副若有所思的样子。

第三十一章/有魅力的男人

我戴上耳机上床。

"圆圆，过去一点儿。" 姐姐说。

我的床是一米八宽的加大双人床，够我翻来覆去兼打个滚，如今姐姐要我往边上靠，代表她打算与我长谈，因为除非想"焚身"，否则人鬼不能有身体上的接触。

"说吧！"

"妳觉得朴彬怎样？"

两天之内，我和朴同学见过两次面，他是一个非常有魅力的男人，长相有魅力、谈吐有魅力、笑起来有魅力……好吧！我承认被他吸引住，但我不能这么答。

"还行，一般般。"

"对我而言，他很不一般，长相有魅力、谈吐有魅力、笑起来有魅力……我被他深深吸引住。哎！也不知当时是怎么想的，我总端起架子摆臭脸，如果时光能够倒流，我铁定不那么干。"

我不苟同，就算她摆笑脸，表现出一副邻家女孩的亲切模样，也未必能改变什么，毕竟人与人之间是讲缘分的。

金佳人说朴彬肯定对她有感觉，这个绝对错不了。

"好，错不了，我想睡了。"说完，我摘下耳机假寐。

本以为姐姐会继续烦我，没想到她默默回到镜子里，一切又归于平静。

我张开眼睛望向窗外，一轮明月高挂。

"已经十五了吗？朴彬是否也望着月亮思念某人？"我心想，然后眼光一扫，看到磁性白板上的照片。

当初打包来韩国，什么纸质照片都没带，就只带上这张油菜花田的照片，后来发现公寓墙上有个对开的磁性白板，我随手便把照片贴在上面，金佳人还很感动，她说我念旧，又说我是她的好妹妹。

平时我没多想，今晚不知怎的，照片上的那双眼睛仿佛直盯着我瞧，让人好不心烦。

我起床，想把照片取下放进抽屉内，灵光一闪，有了另外的主意。

是这样的，昨晚朴彬给我两张音乐剧的门票，一张被我使用了，另一张还留在包内，我想着何不将它派上用场？

想到做到，我后退一步审视自己的劳动成果，油菜花田里的姐姐被音乐剧门票给覆盖住，我因此只看到朴彬，他在照片的左上角。

太好了，不是吗？

我重新回到床上，然后看着那个有魅力的男人，直至眼皮再也撑不住为止。

～

自从给了信江我的旧耳机，他便机不离身，这一天跑完步，我问他都听哪类型的音乐？

"我不听音乐。"他答。

"那么……"我指着他的耳机。

"噢！妳说这个，我……我听电台。"

"听电台的什么节目？"

他支支吾吾半天，然后告诉我这是他的隐私。

"隐私？电台节目算隐私？"

"正是，妳有意见吗？"

我能有什么意见？总不能明目张胆地挖人隐私吧？！

他很满意我没有打破砂锅，转而问我是否今晚和朴彬约了听钢琴演奏？

我喜滋滋地答没错，自己还上街买了一条新裙子。

"那么祝妳今晚有好的听觉盛宴。"

"谢谢！"

"小心别被锁在房间内赴不了约。"

"什……什么意思？"我打着哆嗦问。

他给我谜一样的微笑后，走了。

就因为信江的奇怪言行，一整天我像梦游似的，连给金东元上课也心不在焉。

"**Su Wu Ko.**"那孩子指着桌上的书说。

"是孙悟空，你想听吗？老师念给你听。"

然后我意兴阑珊地开始"念"书，那泼猴一会儿跟诸神杠上，一会儿又和群魔斗法，搞得我七昏八素，金东元倒好，在一旁乖乖听故事，乖乖……

等我发觉不对时，那孩子已经吃完冰箱里的半盒酒心巧克力。

"金东元，你也帮帮忙，就不能让我省点心吗？"我无力地说。

那孩子一脸茫然地看着我。

糟糕！可别喝醉了。

我慌忙打开手机查找儿童喝酒的危害，这一查不得了，原来儿童喝酒不仅会影响智力，还会伤肝伤胃，甚至损害生殖系统……

妈的，这要让小四知道了，岂不砍死我？

我紧接着查解决办法，有医生建议喝白开水稀释，这无异及时雨，我剑及履及，把金东元抓过来灌水，直到喝完一公升的瓶装水，这才放开他。

哪知喝完水的熊孩子仿佛历经九死一生，一副傻呼呼的表情。

我吓坏了，忙问："金东元，你还好吧？"

等了几秒钟，他终于开口："**Su Wu Ko.**"

真是谢天谢地，金东元又回来了。

"好，老师讲孙悟空的故事，这次你不可以再跑掉喔！"说完，我把他抱入怀中。

～

朴彬约我晚上七点在和平殿堂见面。

我穿上新买的荧光绿皱褶裙（这是今年的流行元素）搭配白衬衫，自有一股清新淡雅的气息。

和上次的东张西望不同，朴彬一眼就锁定我，目不转睛的。

"**Mu sun yi li yi ssi xie yo**？"我问他怎么了？

"妳好飘亮。"

他把漂亮说成"飘亮"，但我听懂了。

"哪有？"我娇羞地否认，感觉耳根发烫。

他深吸一口气后，严肃地答："头发、眼睛、鼻子、嘴巴、身体都飘亮。"

我愣了一下，笑得眼泪都出来了。

朴同学问我怎么了？我挥挥手，催促他赶紧上路。

他随即拿出一把车钥匙在我面前晃了晃，原来他已是有车一族，这比坐公共交通工具方便多了。

"**Let's go.**"我开心地对他说。

第三十二章/巧合吗？

出门约会前，我做了两件事，首先是查查今晚的钢琴演奏家马克西姆是谁，免得朴彬问起答非所问；另一件则是偷偷打开自家窗户，我的想法很简单，万一被姐姐锁在家里，我尚有逃生的管道（虽然我没打算跳楼）。

还好后者的未雨绸缪没用上，只是虚惊一场，证明信江并没有什么通天本领，不过是开个玩笑而已。

想至此，我释怀了。最近他的言行有些怪，让我胆颤心惊，现在看来想多了，一切不过是空穴来风。

回到今天的钢琴演奏会，首尔艺术中心的独奏厅座无虚席，我第一次看到穿皮衣的人上台演奏古典音乐，这和我的认知有很大的出入。

演奏结束后，朴彬问我有什么感想？

" Jeong Mal Dae Dan Hae! " 我答，翻译成中文就是"太好了"。

他说了一长串韩语，我没听懂，于是他改用普通话说，大概的意思是错音太多、触键手感没以前强、对曲子的诠释稍嫌急躁……

即使事先做了功课，但在内行人面前马上破功。哎！如果小时候家里没那么穷，也许能学个乐器什么的，也不致于现在评论起来只能用好与坏来区分。

见我沉默，朴彬安慰我每个人的感受不同，见解不一样很正常。

"其实我也没觉得他有多棒，只是习惯好评，还有，我不喜欢他的皮衣。"

等他知道我讲的是"皮衣"，笑不可支。

我问怎么了？他答他以为我会不喜欢钢琴家的风格、节奏或其他，结果是"皮衣"，让他很错愕。

完了！这就是没有音乐素养的下场。

我闷闷不乐地道别，连吃宵夜的邀约也拒绝了，看来我对自己很失望，只想快快回家，免得再出糗。

金佳人一连好几天都不见"鬼"影，也不知忙什么去。

"妳姐姐呢？"跑完步，信江问起。

"我发现你对我姐姐很感兴趣，抱歉，她已经有喜欢的人，你没机会了。"

"这个喜欢的人该不会是朴彬吧？！"

等等，不对，他肯定知道些什么，否则不会次次都打中要害。

"信同学，你有什么话就直说吧！别绕圈子。"

他张嘴停顿几秒钟，我以为他会说出什么骇人的话，结果……

"其实也没什么，只是对没见过面的人感到好奇。还有，我强烈怀疑根本没有这么个人存在，是妳凭空捏造的。"

我举手发誓姐姐绝对存在，他仍旧一副存疑的表情，没办法，为了证明自己没撒谎，我只能冲到楼上取照片。

"原来这就是妳姐姐，长得挺漂亮的。"他说。

"那当然了，她有'小全智贤'的称号。"

"怎么这个很像朴彬？"他指着照片左上角问。

"你认错了，"我把照片收回，"我得回家洗个澡，待会儿学校见。"

上完课，我赶到梨泰院，时间**14:21**，完了，肯定挨骂。

"请进。"开门的不是小四，而是个清秀佳人，普通话说得有些怪。

"我是金东元的中文老师。"

"我知道，方小姐出去了。"

方小姐？小四？

"**Nuna**，#%/@……"金东元边说边向眼前的女子走来。

Nuna? 姐姐？莫非这位就是原配的女儿？

我又仔细观察一下，没错，虽然是同父异母，她的脸蛋和身形跟金佳人同款，都有点儿高冷的样子。

"金东元，上课了。"我对那孩子招手。

大概有姐姐撑腰，金东元胆大包天，不仅对我视若无睹，还兼充耳不闻。

"没关系，我们聊聊。"高冷女神抱起弟弟坐下来。

我也坐下，以为她会先开口，结果她只是望着我微笑。

"咳、咳、我叫金圆圆，就读庆熙大学语学院。"我先自我介绍。

"我叫金世雅，**Kim Se-ah**，就读庆熙大学中文**MBA**艺术经营专业。"

"艺术经营？"

"是的，我对演艺商务感兴趣，当然，学校学的不止这些，范围要大得多。"

我问中文**MBA**是否使用中文上课？还有，这是几年学制？

她答的确以中文上课，刚好提升一下她的汉语水平，学制一年半。

"这样……很好。"我无话找话。

"是很好……我听方小姐说弟弟有个中文家教，就想过来认识认识。"

"噢……为什么？"

然后她告诉我MBA要交报告，她不确定内容有没有错误（譬如错字或者语句不通），所以想请我指点一下，当然，她会付费。

原来为了这个，我当下拍胸脯保证没问题，并且给了她电子邮箱地址。

"太好了，回去我就发邮件给妳。"说完，她起身，此时我们才留意到她怀中的金东元不见了。

我熟门熟路地来到厨房，他果然把另外半盒酒心巧克力也给消灭了。

"金东元，你也帮帮忙，就不能让我们省点心吗？"我无力地说。

那孩子一脸茫然。

"糟糕！他会不会喝醉了？"金世雅问。

"没事，"我把冰箱里的瓶装水取出，"我知道怎么治。"

回到家，我竟然看到久违的金佳人，她就坐在梳妆台前梳头，整个画面怪异极了，因为梳子是实物，鬼是虚，换成别人，肯定吓死，因为看到的是一把在空中来回移动的梳子。

"这几天妳都上哪儿去了？好几天不见人影。"我放下包说。

"我被关在镜子里，哪儿也没去。"

"被关了？"我坐在床上，"怎么回事？"

她答她也不清楚，只看到一栋椭圆形建筑物挡在面前，怎么也推不开，直到今天早上才恢复自由身，她即刻穿越到她爸那里去，发现他那个人呀……

姐姐被关好几天，大概郁闷死了，所以话闸子一打开便停不下来，然而此刻我对她父亲的兴趣不及她被关这件事。

"妳的意思是推不开建筑物，同时也无法穿越到别的镜子？"我问。

"没错，好像被活埋了似。"

我答这可不妙，光无聊就能无聊死。

"谁说不是？对了，那栋建筑物上还有一抹口红印，实在太奇怪了！"

"妳说……口红印？"

"是的，玫红色，小小一撇，像是不小心画上去的。"

我的包里有一支玫红色的**YSL**口红，应急用的。

"也……也许那不是口红印。"我说。

"有此可能，只是看着像，"她停止梳头，"我上朴彬那里去，今晚不回来了，看，我漂亮吗？"

梳过头的姐姐比以前更漂亮。

"漂亮。"我心不在焉地答。

得到满意的答复后，金佳人化为一缕白烟消失了。

我把包拿过来，取出里面的音乐剧门票，正面是时间、地点、座位号、票价等，背面则是剧院外观，上面的一抹玫红很碍眼，起因是我在音乐剧中场休息时间内补妆，不小心留下这么一个印记。

"这是巧合吗？"我望着票发愣。

第三十三章/我的好姐姐

金世雅给我发来她的报告，猛一看，颇有份量的样子，但禁不起细敲，我不得不从第一个字改起，这绝对不是一个晚上就能搞定的事。

"没关系，妳可以慢慢改，月中才需要交报告。"她在电话里说。

"月中？"我喊，"现在已经11号了。"

"赶几个夜班而已，问题不大。"

这也是我感到迷惑之处，韩国年轻人很能熬夜，凌晨两、三点的东大门热闹得宛如北京中午时分的前门大街，不仅小吃摊前围满了人，我还见到溜娃的爹妈；办公楼也一样，灯火通明。

根据统计，韩国是全球整体睡眠时间（包括午睡、小憩）最少的国家，只有五小时五十五分钟，而准备高考的学生尤甚，从网络用语"四当五落"即能体现，意思是一天睡四小时的考生能进理想大学，而睡五小时者落榜，无怪乎咖啡成了国民饮料（比起约饭，韩国人更喜欢在咖啡厅交际、学习，基本每隔几十米就能见到一间咖啡厅，到了考试周根本没位，因为里面挤满了学生，让人叹为观止）。

"我……我不熬夜。"我答。

"那怎么办？加钱行吗？"

我很想说俺不缺钱，若不是姐姐怂恿，我可能飞往伦敦或纽约留学，而不是窝在小韩国里，甚至为了时薪一万五的小钱，往返学校与梨泰院之间，就为了侍候一个三岁少爷。

"加不加钱妳看着办，我……反正试试。"

"谢谢！妳工作的样子真棒！"

韩国人请人帮忙绝对不会只说"谢谢"（那显得诚意不够），多半还会附上彩虹屁，有句韩国俗语"칭찬은 고래도 춤추게 한다"（一句话可以抵一千两的债）便是这个道理。如今金世雅说我工作的样子真棒，这仿佛一道魔咒，让我心甘情愿为她加开夜班，以致隔天上课哈欠声连连，休息时间不得不走向投币机买咖啡喝。

"怎么了？"信江走过来，"今天早上跑步时妳也精神不济。"

"没什么，熬夜熬的。"

"真是好学生。"

他不知道我熬夜是为了别人，不是为了自己。

"最近有什么新鲜事？"我边喝咖啡边问。

然后他告诉我明洞的巨无霸冰淇淋足足有32公分长，又告诉我梨大的柚子甜甜圈吃得到柚子皮，而大瓦房的酱蟹现在有买二送一的活动。

"怎么都是吃的？"

"还有玩的，周末我和朴彬打算到韩屋村逛逛。"

我们的语学院一年分四个学期上课，每学期上课十周，学期和学期间会有两个礼拜的空档，现在是11月中旬，代表这周结束后会有个小长假，我正想好好利用，没料到信江的动作比我还快。

"真好，我也想出外走走。"

"那正好，妳跟我们一起去，朴彬有车。"

"好呀！只是不知道朴同学欢不欢迎。"

"当然欢迎，那天你俩听完钢琴演奏会，话没说几句，妳便拂袖而去，朴彬还以为自己说错话，在宿舍里反省了好几天。"

不不不，这不是事实，与其说我"拂袖而去"，倒不如说是"羞愧难当"之下的潜逃。

"朴彬真的反省好几天？"我问。

"妳在乎？"

"我……"

"哈哈！我开玩笑的，他看起来和平常无异。"

我睨了信江一眼，骂他无聊……等等，他怎么知道钢琴演奏会后我"拂袖而去"？

他回答那晚的钢琴演奏会他也去了，座位离我们不到三十米。

"为什么你没加入我们？"我接着问。

"我也是临时起意，因为想看马克西姆穿皮衣的样子。"

我根本不相信他的回答，但还是接受他的周末邀约，毕竟学期一结束马上有出游的机会还是挺让人期待的。

～

连续加班四个晚上，我终于把自己的期末作业及金世雅的报告都赶出来，累得差点儿虚脱。

"谢谢！妳好厉害，赞赞赞！"她在电话里又吹起彩虹屁。

"没那么厉害啦！"我只好自谦。

"对了，后天是周六，我们一起出去玩，轻松一下。"

想到韩屋村之旅，我婉拒了。

"没关系，祝妳玩得愉快。"

"妳也是。"

～

按照计划，晨跑后沐浴及小憩一下，九点钟出发。

"妳今天跟朴彬去韩屋村。"金佳人问。

洗完澡，我的头发还是湿的，姐姐就现身，同时把问句说成直述句，代表她已知情。

"嗯！还有信江。"

"妳每天跑步，体重却一直没达标，妳不觉得奇怪？"

这是个问句，但我听出其中责备的意味。

"妳以为我不想减到**98**斤？我还巴不得妳赶紧跟欧巴道早安，好……"

"好消失是吗？亏我们还是结拜姐妹！"

其实我想说的是"好不再烦我"，但这跟"消失"没两样。

"妳要这么想，我也没办法，但我的确努力了。"

"也许努力得还不够，妳应该更努力些，我……我也不愿逼妳，但我的苦，妳不明瞭。"

听到前半段，我冒起无名火，但听完后半段，火被一盆水给浇熄，尤其姐姐梨花带雨的，让人好不心疼。

"好啦！除了运动外，我会少吃点儿，争取在最短时间内见效。"

"圆圆，妳太棒了，就知道妳是我的好妹妹。"

说来很讽刺，每当一次"好妹妹"，代表我又一次妥协。

"没什么，因为妳是我的好姐姐。"我苦笑着答。

第三十四章/白衬衫

"齐万万～"

听到信江的呼喊声，我打开窗户往下看，第一眼便被驾驶座上的朴彬给吸引住，虽然看到的不过是他搁在驾驶盘上的一只手臂而已。

"快下来！"信同学向我招手。

"好咧！"

为了这次出游，我不仅化上精致的妆容，而且在镜子前比较再三，最后才选定宝蓝色毛绒短外套搭配黄衬衫，底下是千鸟格半长裙及褐色长筒靴。

韩国女生很着重打扮，认为不仅能提高自信，也是对他人的尊重，然而只有我心里清楚，我的犹豫不决为哪般。

到了楼底，我跟今天的司机打招呼。

"妳今天很飘亮。"他说。

朴彬又把"漂亮"说成"飘亮"，我来不及纠正，信江帮我打开后座，我只好坐进去，这下子朴彬真的成了司机（后排坐着两位乘客）。

据说北村韩屋村在地铁3号线安国站附近，我以为车子会往北开，然而左拐右绕后竟然上了东湖大桥，桥下是河水湍急的汉江。

我往左右两边望去，看到数座同样横跨江水的大桥，它们有的是行人及汽机车通行的公路桥，有的是天铁桥，有的是铁路桥，人车络绎不绝。

"我们不去韩屋村了吗？"我压低声音问信江。

"去，只是朴彬得先接个人，听说住在狎鸥亭洞附近。"

狎鸥亭洞？听着很耳熟。

过了江，两旁尽是高楼大厦，无论朝哪个方向，都是琳琅满目的整容外科广告（不是我的韩文精进，而是几乎每一个广告牌上除了韩文标识外，还有大大的中文字，有的医院门口甚至还高挂着中韩两国国旗）。不用说，这里就是赫赫有名的韩国整形一条街，那么朴彬来这里接谁呢？答案在数分钟后揭晓。

"是妳！"我们同时惊叫出声。

然后我和金世雅同时向同行的两个大男生解释我俩的关系，我说普通话，她说韩语。

"好巧！"信江说。

"€\$&*%………"朴彬说（我猜也是"好巧"之意）。

是真的好巧，原来金世雅两天前邀我出去玩，竟然同是韩屋村之旅。

"妳住这里？"我问金世雅，此时的她已经坐在副驾驶的位置上。

"是的，"她指向右手边的豪华大厦，"我家住在顶楼，是上下两层复式。"

信江惊叹一句"哇靠"，金世雅问这是什么意思？

"就是有钱人的意思。"信江看我一眼，"还好我有金圆圆做伴，否则就成了这车里惟一的穷人。"

信同学拉我抱团取暖，殊不知我是身家两亿的女继承人。

"你别自惭形秽了，大部分的学生都穷好吗？"我对他晓以大义。

金世雅认同我的看法，她说她虽然住在豪宅里，但依旧是穷学生一名，因为韩国女性的家庭地位普遍低落，她家尤甚。依据她对父亲的了解，百年之后的家产绝不会落入她手里，因为底下还有个弟弟，他才是继承人。

"如果……如果弟弟不是弟弟，我是说……如果妳是独生女儿呢？"

"呵呵！那么也许还有机会，不过我猜想父亲不会让这种事情发生，即使生不出来，也要抱养一个男的来继承家业。"

我的妈呀！这不是祖父辈才会有的想法？怎么现代韩国还有这么严重的历史包袱？

她答没办法，旧思想一代传承一代，早已烂到骨子里，如果不是爷爷奶奶老了需要人服侍，她和母亲才不会从加拿大回来受罪。

"你们……说什么？"朴彬问。

糟糕！忘了同车还有一个普通话不佳的"外国人"。

还好金世雅及时翻译，坏处是接下来泾渭分明，自然而然分为两个圈子（普通话圈及韩语圈）。

"看来朴彬被人抢走了。"信江开玩笑地说。

我却认了真，这可不妙！

～

北村韩屋村坐落在首尔，依山而建，仍然保持着六百年前山墙瓦顶的建筑，被誉为韩国最美丽的村庄。

在这么古朴的氛围里，金世雅和我不约而同换上韩服拍拍拍，信江和朴彬则成了御用摄影师。

"你为什么不租一套？"我问信江。

"一小时一万韩元，我宁愿饱食一顿。"他答。

此时金世雅跑过来与我合影，拍完后，她拉朴彬入镜，我识趣地走开。

"现在换妳和信江拍一张。"金世雅说，并且主动担任摄影师的角色。

我们站定后，一个穿韩服的小男孩碰巧走过来，被信江逮到当道具。

金世雅拍完后呵呵笑，我问怎么了？她答我们仨好像在拍全家福。

"别乱说！"我看了一眼朴彬，很害怕他听懂了，"妳也帮我和朴彬照一张吧！"

我留意到当金世雅和朴彬拍照时，两人的表情极其自然，甚至对着镜头一起扮鬼脸，现在换人了，他反倒很拘谨，与我保持一个拳头的距离。

"他怎么了？是不是不喜欢我？"我心想，郁闷极了。

由于韩屋村和景福宫挨着，我们顺道又探访了，据说这是朝鲜半岛上最后一个统一王朝（李氏朝鲜）的王宫，也是很多宫廷剧的取景处。

适逢初冬，整个宫殿有点儿寂寥冷清的样子，像我此刻的心情，因为朴彬明显冷落我，反倒与金世雅亲近。

"他们两人是怎么认识的？"我问信江，眼睛直盯着前面那对谈笑风生的背影。

"我也不是很清楚，好像两人在校园里偶遇上，朴彬觉得她有点儿像以前的同学，聊着聊着就约了一起出来玩。"

以前的同学？说的可是金佳人？

"新近认识就这么主动，不太好吧？"我说。

信江问我指谁？朴彬还是金世雅？

"当然是金世雅，女孩子若太随便，容易让男生看轻。"

"听着像在嫉妒。"

嫉妒？我？

"呵呵！小韩国哪有我天朝大气？我会嫉妒任何人，但绝对不会嫉妒韩国人。"

"是吗？我原本想告诉妳如何将朴彬拿下。"

虽然我挺想知道的，但摆出一副"爱说不说"的高姿态。

他停顿一会儿后，还是告诉我答案，原来朴彬喜欢穿白衬衫的女孩。

这就对了，金佳人对白衬衫有无可救药的执着，款式可以不同，但颜色必须全白；再看金世雅，虽然天气有点儿冷，但仍看得出格子外套下是件白衬衫。反观我，衣柜里虽然也有几件，但今天挑的却是黄颜色，朴彬肯定认为我俗。

"我还以为是什么大秘密呢！满大街都是穿白衬衫的女性，难不成他一个个全喜欢上？"我仍死鸭子嘴硬。

"信不信由妳！"

此时金世雅转过头来问我们要不要一起去吃人参鸡？天气冷，吃这个最好。

"好呀！"我和信江异口同声地答。

第三十五章/第一次换身

我们来到崇礼门附近的人参鸡汤百年老店，菜上得很快，热气腾腾的。

信江用筷子撕开鸡身，原来里面有宝，塞满糯米红枣和一根人参（这也是神奇之处，汤没有调味，但因为多了红枣和人参，喝起来依旧有甜味）。对了，店家还附赠人参酒，每人一小杯。

天气冷，吃上这么一碗汤泡饭（韩国人的吃法，凡汤类食物，一律以汤泡饭），的确管饱又暖身。只见他们仨边吃边聊，气氛很是融洽，惟独我，有点儿食欲不振的样子，话也说得少。

"圆圆，妳是不是不喜欢吃鸡？"金世雅问。

"不是……是……"

"那么叫个海鲜饼或泡菜饼吧！"

"不……不用了……我肠胃不好……"

金世雅紧接着提议到附近药店买消食片，还让在座的男士效劳。

"真的不用了，我……我喝汤，这汤真好喝。"说完，我舀了一大碗汤，满到快溢出来。

其实我哪里不喜欢吃鸡？看到炖到软烂的童子鸡，我恨不得连骨头也啃了，无奈金佳人就站在边上，我顿时没了胃口，因为今天早上才承诺自己会少吃点儿，争取在最短时间内减到98斤，如果此刻大快朵颐，岂不自打嘴巴？

姐姐很满意我的表现，注意力很快从我身上转移到朴彬身上，她飘向他，近到只差"耳鬓厮磨"。

由于我太专注金佳人的一举一动，以致忘了周边人，当他们讨论还是替我买消食片，并由朴彬跑腿时，我无动于衷，等意识到事情的严重性时为时已晚，朴彬痛苦地哀叫一声，脸像着了火似。

我冲到柜台要冰块，用布包裹后，将之捂在受害者的左脸颊（虽然金佳人的右脸同样火烧了似，但我爱莫难助，只能先救活人）。

几分钟后，朴彬向我道谢，说他好多了，但事情并没有结束，因为金世雅跟店经理吵了起来（大概将事故推给店家担责），越吵越凶，把警察叔叔都给找来了。

"算了吧！人没事就好。"混乱当中，我见缝插针表达自己的看法，心里很对不起店家。

"怎能说算就算？我猜想这家店可能哪里漏电，若不揭发出来，还会有下一个受害者。"金世雅气愤地说。

后来还是在警察调解下，加上店经理同意免单，双方偃兵息甲。

出了意外，我们的心情都欠佳，饭后一起**K**歌的计划也想当然尔地取消，我因此比预定时间早了好几个钟头回到家，此时金佳人已经在屋里等我。

"**No zuo no die.** 这下子连朴彬也焚身了。"我没好气地说。

"又不是故意的，我自己也痛苦得要死好吗？"

"店家真可怜，无故背锅。"

"金圆圆，"她扬起声，"妳到底要抱怨到什么时候？都说了我不是故意的。"

我遂噤声，不再数落。

见我冷静下来，金佳人来软的，问我能不能帮她一个小忙？

我问有多小？她答能不能借我的身体用用？反正接下来我有两个星期的长假，不用赶着上课，她可以利用这个空档重当学生，这也是当初我们说好的。

姐姐的确提过她想过过大学生活，毕竟她只有高中肄业，而朴彬已是大学生，这不无遗憾。

"妳也知道语学院放假两个礼拜，少了学生和老师，妳如何上课？"我问。

"语学院不上课，但本科生还在上，我可以溜进去当旁听生。"

根据她的计划，她以我的"本尊"样貌上课（毕竟我还没减到她的理想体重98斤，这有损她的形象），两个礼拜后我们再换回来。

"两个礼拜？"我喊，"不可能！每天几小时还差不多。"

"我的好妹妹，我就想尝试完整的大学生活，譬如课后和同学压压马路、夜里赶作业、甚至躺在床上睡个好觉等，这是我梦寐以求的事，妳能理解吗？"

我当然理解，但我不像她，可以在镜子间来回穿梭，如果什么事都不做地待在同一个地方，一个小时就能把我逼疯，何况两个礼拜。

她想了想，同意我说的不无道理，于是给了一个解决方案。

"妳确定可行？"我问。

"绝对没问题，我甚至还能将冰箱塞满食物、书架装满妳想看的书，甚至给妳的手游充值。"

就这样，我相信了她，并且同意当下换身，然后她指示我到厨房取来水果刀。

"只要见血就可以，不需要血淋淋的，对吧？"我不放心地一问。

"没错，但必须在五秒內交换完毕，还有，妳的身体需要放松，否则会有灼痛感。"

她不说则已，一说我更紧张了，姐姐只好又使出浑身解数宽慰我。

"妳确定会在新学期开始的前一晚换回来？"

"肯定的，最晚午夜12点前一定换。"

看着金佳人坚定的眼神，再想到平日她对我种种的好，咬咬牙，我在左手小指上划下一刀……

第三十六章/得了便宜还卖乖

不过一眨眼的工夫，姐姐不见了。

"金佳人？"我喊。

没有回应。

我走向窗口，户外本应该车水马龙，然而我看到的是奥黛丽·赫本的肖像海报、白色双人床、欧式铁艺吊灯、三门衣柜……

天哪！我和金佳人真的换身了，而囚禁我的正是卧室梳妆台上的镜子。

"金佳人～"我喊。

依旧没有回应。

我推了推窗户，果然打不开。

"金佳人～"我再度喊，然后拍打窗户。

此刻姐姐终于以我的形象出现（代表拍打窗户能引来注意），太好了，我没有被遗弃。紧接着我看见她的嘴巴一张一合，声音愣是听不见，即使找来耳机也没用，我们失去了可以沟通的管道，这可怎么办？

还好金佳人脑筋动得快，她找来纸笔，写下：妳好吗？好就敲一下，不好就敲两下。

我本来想敲一下，但最后敲两下，因为被关在镜子里实在不好受。

姐姐又刷刷刷地写，由于中文书写能力欠佳，其中不乏错字，这次是：妳放心，两个礼拜后一定换回来。鸡于我们有勾通上的困难，所以没事请别敲镜子，让我好好亨受这难得的幸福时光。

顿时，一群草泥马在眼前奔腾而过，这不是现代女版陈世美吗？噢！不，形容错误，应该说是过河拆桥、上树拔梯、恩将仇报的……白眼狼！

金佳人没察觉到我的不悦，仍笑嘻嘻地对我比个心，我气得差点儿吐血，但能奈她何？

接下来的日子，我陷入"吃饱睡、睡饱吃"的模式，当漫画、电视节目、手游都不再吸引人，我会做做瑜伽或冥想，甚至把学校功课拿出来复习或预习，貌似适应得很好，其实无聊透顶，不讳言地说，现在的生活乐趣就只剩下……偷窥。

金佳人照例晨跑，大汗淋漓回家后洗个澡再出门，然后一直要到夜里十点以后才进门，作息时间相当固定，但我还是发现有什么不对劲，譬如她开始化起吓死人的烟熏妆，服装搭配也很另类（说白了就是不良少女风），而今晚更过分，当她卸妆时，我竟然发现自己的脖子上有个巴掌大的蜘蛛纹身，这一惊非同小可，我立即把窗户拍得噼啪响。

姐姐倒很冷静，等卸妆完毕才找来纸笔，写下：那是**sticker**，过几天就没了。

即使是贴纸，我也不愿自己沦为太妹，她这是在作贱我，是可忍孰不可忍？我又拍打窗户表达愤怒。

这次她选择耳聋，换上睡衣后上床，对我采不闻不问的姿态。我气得诅咒她的祖宗八代，她翻了个身背对我，让我结结实实吃了个"哑巴亏"。

就这么盼星星盼月亮的，终于熬到约定日，想着终于能要回自己的身体，一整天我都处于亢奋状态，然而……

时间一分一秒地过去，**23:30、23:45、23:51**……姐姐还是没回来，她哪里去了？会不会从此消失？我怎么办？完了！我就要在这个五十平米不到的空间里了此一生……

想至此，我百感交集，伤心难过、愤怒自责、怨天尤人……已不在话下，还好**23:59**时我看到提刀过来的姐姐，她面对镜子毫不犹豫地划下一刀。

不过一眨眼的工夫，我回到了现实，耳中传来稀稀落落的雨声。我走过去将窗户打开，丝丝细雨立即飘了进来，啊！我爱极了这湿冷的触觉及清新的味道，只有失去过才懂得珍惜。

感伤完毕，我关上窗户，通过玻璃窗上的反射，我发现金佳人已坐在梳妆台前，她的脸色苍白，一副生病的样子。

戴上耳机，我正想好好质问她一番，话还没说出口，她抢先一步提醒："妳的手需要止血。"

我这才注意到地板上血迹斑斑。

妈的，什么地方不好割，她竟然割我手腕？

我找来创可贴，但那玩意儿根本不管用。

"对不起，我用力过猛，妳得上医院，要不要我帮妳叫辆出租车？"姐姐问。

我瞪她一眼，拿块干净的布捂住伤口后，直冲楼下拦车。

～

"妳的手怎么了？"跑完步，信江问我。

"没什么，不小心划破。"

"妳该不会自杀了吧？"

自杀？呵呵！怎么可能？我从未像此时此刻如此这般珍爱生命。

他答那就好，过去几天我的举止行为有些怪，他不免担心。

我问哪里怪？他欲言又止，我心中有了不祥的预感，但仍佯装镇定。

"那么待会儿学校见。"说完，我转身回到屋內。

本来想责问金佳人都干了哪些坏事？奈何她迟迟未现身，我只好上学去。一到校，立马有事不对劲，因为我接收到许多男生的暧昧眼神，就是那种……你懂的。

等下午一点的钟声响起，我立马跑回家，还好那个贱人在家。

"过去两个礼拜，妳利用我做了什么好事？"我怒气冲冲地问。

"好事？没做好事，倒是做了以前不敢做的事。"

我打了个寒颤，可别……我还是处女呢！

金佳人听完哈哈大笑，她说我想歪了，不过是撩一撩男生，等上钩了再一脚踢开。

什么？！她怎能这样破坏我的名誉？我怒不可遏。

姐姐说我又想多了，她不过是言语上的挑逗，连手都没让碰。

"我不管，妳得赔偿我的损失。"

"妳要什么？"

这还真不好作答，我要的是逝去的时光，偏偏她给不了。

"我要妳交待过去的行踪，巨细靡遗。"我说。

于是我知道金佳人以我的名义多次上她父亲的诊所做整形咨询，就为了看一看始乱终弃的男人过得好不好。还有，她蹭遍庆熙大学所有本科一年级的课程，也撩遍所有对"我"感兴趣的男生，惟独没去酒店观光学院当旁听生，因为怕遇上朴彬。

我问这不是很奇怪？好不容易得了个良机却错失了，怎么都说不通，不是吗？

"因为我……我怕……怕朴彬喜欢上妳。"她答。

"妳……妳……哎！"

除了叹息，我还能说什么？

"实话告诉妳，我认为信江很适合妳，人实在，也不会随便对女生揩油，妳不妨考虑考虑他。"

揩油？我问姐姐对他做了什么？

"也没什么，我邀他出来喝酒，然后佯装喝醉，结果他背我回家后离开，什么坏事都没做，像他这么老实的男人现在已不多见，妳可别错过了。"

我很气金佳人得了便宜还卖乖，心中想着也要"以其人之道还治其人之身"，只是一时还没有一个清晰的计划。

"嘟……嘟嘟……"手机响了，我接听。

"金老师，已经两点二十分了，妳在哪里？"

听到小四的声音，我忆起自己的家教课。

"对不起，马上到。"说完，我冲出门外。

第三十七章/头疼的小四

我坐出租车赶往梨泰院，即使火急火燎，也是半小时以后的事。

"金老师……"

"我知道，对不起，"我深深一鞠躬，"下次不会再犯。"

"迟到的事先放一边，今天我要和表哥见面，他好不容易来韩国一趟，想见见东元，妳也一起，省得以後先生问起不好解释。"

表哥？应该说是孩子的爹吧？！

"好，没问题。"我答。

我以为见面的场地会选择附近餐厅，结果竟然是首尔近郊京畿道的光明洞窟。

由于入场券附有一本中文简介，我因而知道这里原本是个富含金、银、铜矿的矿山，1972年闭矿后曾作为储存虾酱的仓库，直至2011年才摇身一变成为集工业遗产和文化价值为一体的主题公园，洞窟内不仅有海底世界、黄金瀑布、黄金路、黄金宫殿、恐怖体验馆、地下湖、巨龙雕塑、**LED**光空间等**20**多个观览项目，还设有可品尝红酒的酒窖。

起初我并不明白这个会面安排，后来才恍然大悟，小朋友的定性差，能安静个五分钟算奇迹，"父子会"后，我的工作便自然而然成了保姆，带着魔童到处逛（还好洞窟内的流光溢彩很吸引小朋友），这恰好给了那对名义上的表兄妹充分的时间和空间密谈，连我都好奇他们究竟谈了些什么。

讲到我的小祖宗，如果一般小朋友体内植入的是**7**号电池，那么金东元装的便是**1**号电池，充一次电可以使用很久。瞧！我这边已经没电，他那边还生气蓬勃着。

"金东元，"我抓住他，"能别跑吗？老师累了，跑不动。"

然而那小子一点儿也不体谅我"年老力衰"，用力挣脱后又向前跑去，我不得不在后面追赶。

这个洞窟其实跟迷宫差不多，绕一绕很可能又会回到"来时路"，等我逮到金东元，离那对男女已经很近很近，他们正躲在某个角落讲悄悄话，我不得不捂住那小子的嘴巴，好偷听他们讲些什么。

"不行，我怕。"

"我也怕，但我做的一切都是为了妳和孩子，相信我，我们会是幸福的三口之家。"

"你说十号晚上？"

"嗯！后门别上锁，其他妳别管。"

"可是……"

· · · ·

我抱住怀中的孩子往相反方向跑去，直到来到"安全地带"，我才愤而将他扔在地上。

"金东元！你是哪吒转世吗？"我把有一排咬痕的虎口展示给他看，"这是谁咬的？"

他一副无辜的表情，让人很难相信他是恶魔，反倒我的粗鲁表现引来不友善的目光，游客肯定以为我在虐童，我只好换上"慈母"脸孔，把施暴者搂在怀里又亲又抱，这才化解一场危机。

离开洞窟后，小四忽然想起得笼络我（也许将来还需要我作证），遂问我想吃什么？

然后我们四人去吃了一顿"一言难尽"的韩国烤肉，原因是金东元把他的小手放在热腾腾的烤盘上，随后发出凄惨的叫声，那对年轻父母被吓得汗毛竖起，肉不烤了，直奔医院。我本来也想跟去，无奈被店家拦下结账，既然横竖都得付钱，加上即使跟到医院也无济于事，我索性坐下来把剩下的肉都烤完，而且一个不剩地全进了五脏庙。

～

"妳说十号晚上？"金佳人问。

"没错。"

"嗯……"

姐姐陷入沉思，代表她正在做沙盘推演。

"妳该不会想把那对奸夫淫妇送进牢里吧？"我问。

"送是一定要送，问题是怎么送？还有，金东元虽不是我的亲弟弟，但被送到福利院也可怜。"

"放心，他还有个姥姥住在延边。"

话一说完，我马上后悔，这不是落井下石吗？

"其实把奸夫送进牢笼即可，"我赶紧补救，"小四看着也还行，对妳爸惟命是从，现在这种家庭主妇很难找了。"

"讲到惟命是从，我妈不也是？看看她的下场就知道我爸根本不是个东西！"

我一时迷糊，和小四比，金佳人仿佛更恨她的父亲，既然如此，又何必救他？

她答这也是她纠结之处，一边恨他一边还爱着他，但无论如何，小四和拖油瓶一定得走，若不是这两人，她和母亲还能保持表面的和谐，不致鱼死网破。

"随便妳，但可别见血，我怕。"我答。

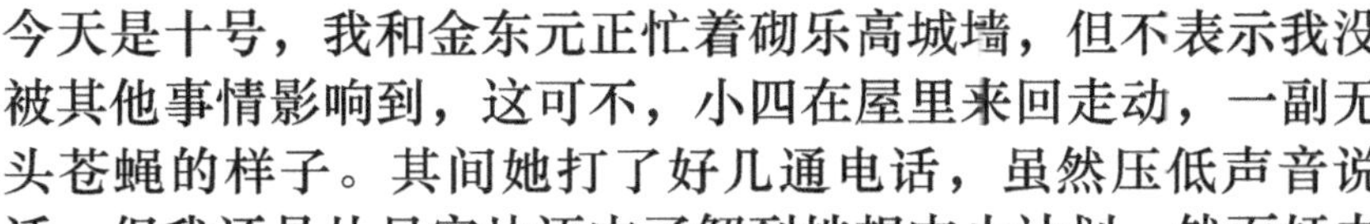

今天是十号，我和金东元正忙着砌乐高城墙，但不表示我没被其他事情影响到，这可不，小四在屋里来回走动，一副无头苍蝇的样子。其间她打了好几通电话，虽然压低声音说话，但我还是从只字片语中了解到她想中止计划，然而奸夫不同意，还威胁她若不照办就有苦头吃……

"金太太……金太太……金太太……"

我喊了三声，小四才猛然惊醒，问我有什么事？

"金东元想吃巧克力，可以吗？"

"吃，储物柜里有，"她指了个方向，"妳去拿。"

我往屋后走去，原来那里有一整墙的食品储物柜，不外一些干货。我找了半天，只找到巧克力饼干，看来只能滥竽充数。

当我把储物柜的门关上，意外发现洗衣房就在隔壁，而且通向后门，上面的锁是防盗智能型。换言之，如果没有里应外

合，想从后门破入只能砸窗或砸门，这无异自找麻烦，因为
金家的门窗皆有特殊装置，一经破坏，保安室立即收
到警讯。

"一步天堂一步地狱，看来小四要头疼了。"我心想。

第三十八章/金爸爸

金佳人已经许久未曾在我跑步时出现，今天大概急于告诉我结果，当我跑步经过**Issaac Toast**（韩国有名的早餐连锁店）时，她出现了。

"告诉妳，小四的……男朋友被抓时还一副莫名其妙的样子。"

"妳做了什么？"

"我把他锁在洗衣房内，当保安连同警察赶到时，他谎称只想偷窃，但无法对身上的蓝波刀做出解释。至于小四……她佯装镇定，可惜被自己的儿子给出卖了，金东元那傻小子冲着'小偷'喊爸爸，我爸气炸了，当场表示要做亲子鉴定，即使小四跪在地上苦苦哀求也没用。"

"真惨，看来我的家教工作保不住了。"

"那肯定的，反正妳又不缺钱。"

我们拉拉杂杂谈着琐事，直到看到某个路人对我行注目礼，我才猛然觉醒自己又在大马路上"自言自语"，这可不得了，赶紧赶走姐姐，总算又回归清静。

当我跑回公寓楼下，信江问我下午有什么节目？

"没什么节目，我把雇主炒了。"我无所谓地答。

"那么出来庆祝一下。"他说。

想想也对，这阵子被金东元折磨得人不人、鬼不鬼，好不容易解脱了，是该庆祝一下。

"好，怎么庆祝？"

"跟着我就是。"

结果下午我们来到明洞的实弹射击体验馆，四万元打十发，有一百多把枪可选。我选了一把看起来很酷的银色左轮手枪，在教练的指导下，穿好防弹衣再戴上耳机和护目镜，然后开始生平第一次的实弹射击。

该怎么形容呢？子弹离开枪口发出的声音很响，后坐力也大，每打一枪都心惊胆颤，害怕子弹会反射，有种大脑即将爆浆的生死快感。

信江打完十发便叫停，我则上了瘾，又多买了五十发子弹，直到耳朵快震聋了才放弃，也不知还剩下多少发，反正不打了。

离开射击体验馆，我开启买买买的模式，在明洞这个购物商圈不仅买了衣服、化妆品、鞋、包、沐浴用品，还到苹果店买了**Apple Watch Edition**五代，它比四代的功能好，容量也增加到**32G**，同时多了国际紧急电话装置（多达**150**多个国家）。

"不买了，"我眉开眼笑，"谢谢你帮我提那么多东西，现在我请你吃好吃的。"

"别提请客，这些都是代购品，妳就靠这点儿跑腿费过活，不是吗？"

听完，我的笑容没了，这是啪啪啪打脸。

"其实……"

"我肚子饿了，特别想吃路边摊，妳不介意吧？"他问。

"当然不介意。"

于是我们来到美食街，一路吃过去，鸡蛋糕、米肠、海螺串、荤杂烩、关东煮……

他没再提代购的事，我也装傻，彼此心照不宣地度过下半夜。

～

很明显，信江知道我不是穷女孩，好处是从此我不用再伪装，坏处是他仿佛和我拉开了距离，自从吃过明洞的路边摊后，除了每天的晨跑，我们不再约着见面，这让我很受伤。

"妳是不是喜欢上他了？"金佳人问。

"哪有？大概是被制约了，一旦习惯不再是习惯，难免不自在。"

"那么要不要换个陪跑教练？"

我问为什么？她答因为我的体重一直上下浮动五百克，这个结果让人挺气馁的，还是换个人试试。

姐姐不知道根本原因出在我身上，与信江无关，即使换人也无济于事，因为我压根儿不想减到98斤。

你问为什么？好，让我来捋一捋。

金佳人一直期待我减到理想体重，她好借用我的躯体去会男神，一旦见了，不外两种情况，一是朴彬对她意难忘，从此心心念念；二是那块木头没什么反应，像日出日落一样自然。如果是前者，姐姐就此收手的机率一半一半；如果是后者，她不伤心死了？意思是能迎来圆满大结局的可能性只有1/4，我又何必下赌注？至于她时刻留在我身边这件事（没完成心愿必然的结果）……虽然有时挺烦人，但大部份的时间我是快乐的。

总归一句，我还没想好，所以估且维持现状。

"别换教练，信江是个穷学生，他就靠这份微薄的打工薪水度日。"我说。

"既然这样，我们的口头协议得稍做调整，毕竟这样没日没夜地等待不啻一种折磨，我也需要娱乐。"

"什么意思？"

然后她提议每周有一整天空出来给她，基于我还是学生，她不想耽误我学习，所以周六给她正好。

"妳是说每逢周六我们换身，好让妳出去 Happy?"我问。

"没错，我要求的不多。"

No way! 每换一次身代表我得多挨一刀，还有，人生的黄金时期就那么几年，我可不愿拿来与人分享。

姐姐答我好歹只痛苦个几秒钟，她不一样，做回自己后，五脏六腑仿佛被碾压过，她的疼痛绝对超过我，但她仍想过过现实生活，即使坑坑巴巴，在所不惜。

"妳想我不想，哪有这么勉强人的？妳也太自私了！"

金佳人沉默一会儿后，走了（我的意思是她什么话都没说，就这么消失得无影无踪）。

"走就走，我还求妳不成？"我心想。

老师一说下礼拜见，信江立即拿包走人，仿佛多待一秒钟都是罪过。哎！原本我想邀他一起去三清洞吃面片汤，看来今天只能独自前往。

没想到还没走出学校大门，我意外碰上金佳人的父亲。

"An nyeong ha sei yo." 我向他问好。

金爸爸看见我很惊讶，问我为什么在这里？

我用不流利的韩语解释我是这所大学语学院的学生，他恍然大悟，接着告诉我今日他应母校邀请前来演讲，现在正饥肠辘辘，不知附近有没有什么美食？（这么一大段话是我猜的，应该八九不离十。）

说到学校附近的美食，那多了去，百丽家的炸鸡、喜来稀的烤肉、元祖奶奶家的猪蹄、光州会馆的拌饭……当然，这些我都表达不出来，因为我的韩语不够好，只能把手机地图找出来，这边指指，那边指指，也不知他意会了没？

金爸爸对我笑了笑，拿出自己的手机，操作一番后，他要我对着手机说普通话。

" 那个 …… 附近吃的很多，就看想吃什么？ " 我对着手机说话。

他读完语音翻译，紧接着说韩语，借着翻译软件的帮助，我因而知道他说的是：都好，妳吃什么，我吃什么。

这是邀请我共进午餐的意思吗？

我告诉他，我本来想吃三清洞的面片汤。

"走，我有车。"他的手机屏幕显示着。

第三十九章/跑得了和尚跑不了庙

三清洞是首尔的特色文化街区，它位于景福宫和昌德宫之间，北侧为青瓦台，南侧与仁寺洞相连，自古因自然景观秀美（山清、水秀、人灵），被称为"三清"洞。现如今，它成了首尔的观光景点，与其他商业街区不同的是这里少了繁华与喧嚣，反而将传统与时尚巧妙结合在一起，有种"旧瓶装新酒"的趣味，散发不可言喻的独特魅力。

今日我想光顾的餐厅就位于三清洞，是当地著名的美食店，主打面片汤（有点儿像中国的面疙瘩汤），口味很清淡，上面还洒了海苔碎，搭配小菜很是对味。

" Masjoh-eun?" 金爸爸问。

我答好吃。

他接着情境教学，教我面片汤的韩语是**sujebi**，部队火锅是**budaejjigae**，紫菜包饭是**gimbab**，石锅拌饭是**dolsot bibimbab**，冷面是**naengmyeon**。

我牙牙学语，他笑得很开心（虽然我不知道有什么好笑的），然后他要求我教他一些中国食物的讲法。

老实说，金爸爸的发音很正确，不需要我特别纠正，我猜这与他的二老婆、三老婆皆是中国人不无关系。

"赞！"我比出大姆指。

他肯定听懂，因为韩语"赞"的发音和普通话很接近。

没想到他摸摸我鼻尖，同样比出大姆指，说："Jjang."

呃！这是什么意思？

" #@$&%*……"他吐出一长串说明。

可惜我只能傻笑。

于是翻译软件又出场了，我得以知道自己的鼻子在这位整形圣手眼里已臻完美，不需要隆鼻。

我摆摆手，表示自己没打算隆鼻。

金爸爸一头雾水，问我难道不是因为这件事三度上他的整形医院咨询？

我蓦地想起姐姐曾借用我的躯体多次上她父亲的诊所，就为了看一看始乱终弃的男人过得好不好。

" Nei.Nei.Nei."我赶紧点头如捣蒜。

金爸爸这才放下心来，接着问我的家庭状况。我做简短回答（当然隐去我的两亿身家），没想到他进一步问我结婚了没？得知我尚待字闺中后，不知怎的，他的脸上浮现神秘的笑容。

这次换我问，当他听到小四及金东元的名字时，立马表示那对母子已经回到中国，以后不要再提，同时告诉我，他仍然住在梨泰院的别墅里，有空我可以过来和他喝杯小酒。

当看到手机屏幕上的中文翻译，我怔住了，这是什么跟什么？

我提醒他，金太太若知道我趁着她不在上门，恐怕不会高兴。

"别理她，她会待在中国很久很久。"他用翻译软件回答我。

～

老男人温柔起来很可怕。

自从吃过一次饭并且要走我的手机号码后，金爸爸时不时给我发短信，诸如：早餐吃了没？生活上有没有需要帮忙的地方？天气冷，记得多加件衣服……

我告诉他，我已经18岁，懂得自己照顾自己。

他回复我小姑娘就需要人疼，尤其离家那么远，父母不担心死了？

如果把他当作一般的老男人，这样的对话不免让人恶心到想吐，但若把他当成朋友的父亲，好像也说得过去。

我陷入"剪不断，理还乱"当中。

本来想告诉金佳人这件不寻常的事，但她一直没现身，我也不愿示弱，彼此就这么僵着。

没想到姐姐没出现，姐姐的姐姐倒出现了，金世雅约我周末到江原道滑雪。

"可是我不会滑雪。"我说。

"没关系，度假村提供初学者课程。"她答。

我才知道她打算到近年韩国年轻人最喜欢的大明维瓦尔第度假村滑雪，住一晚，周日晚上回。

"就妳和我？"我问。

"还有朴彬，本来也邀了信江，但他表示最近很忙，不去。"

我也留意到信同学忙碌有好一阵子，也不知在忙些什么。

"好，几点？"

"星期六早上九点，朴彬会开车过来接妳。"

星期五晚上，几天不见踪影的金佳人终于现身。

"妳明天去滑雪？"

"嗯！"

"我也好想体验滑雪的快感。"

"妳不能。"

"圆圆～"

"不行！"

"好妹妹～"

"还是不行。"

我们就这么重复对话，直到我再也受不了。

"听着，这不是一天之旅，而是两天，我的损失太大了。"

金佳人答这个好解决，她去一天，我去一天，皆大欢喜。

"可是……"

"我发誓，从今晚午夜到明晚午夜，若多耽搁一分钟，我不得好死！"

看姐姐连毒誓都发了，我还能怎样？

"就知道妳是我的好妹妹。"她笑嘻嘻地答。

～

又被关进镜子里，我唉声叹气一整天，还好金佳人没食言，准时回家。

"妳动作快点儿，出租车司机还在楼下等。"她答，表情非常痛苦。

"妳这叫自作自受。"

"没有痛苦，哪来的快乐？"她捂着肚子，"妳还是赶紧下去，老先生的脾气不太好。"

果然出租车司机很粗鲁，拉拉杂杂地数落着，大概不满意我浪费他的时间。我看了一眼计价器，上面显示13万多，即使夜间加收20%，来回也不会超过35万。我给了他七张黄色票子，老先生不再抱怨。

到了度假村，我才想起忘问房号了，偏偏耳机留在家里，附近也没镜子，我只能不耻下问。

"妳的房号是1503。"那个会说普通话的前台服务员答。

"我……我忘带钥匙了。"

"有护照吗？"

"在房间内……我猜。"

看服务员拿起话筒，我问他想干嘛？

"打电话给1503核实妳的身份。"

我忙阻止，回答不想吵醒朋友，自己可以待在大厅内直到天亮。

"恐怕不行，**Sorry.**" 他不假辞色。

可想而知，当朴彬打开房门时会有多吃惊！

情急之下，我解释自己到外面走走。

"**Wae?**" 他果然问为什么。

"**Geugeos-eun tteugeobda……naneun jam-eul jal suga eobs-eo.**"

朴彬对于"很热，所以睡不着"的借口（也不知韩语说对了没？）好像很迷惑的样子，但他没追问，我乐得躲回房间内，殊不知跑得了和尚跑不了庙，另一人正等着审问我。

第四十章/Oh no!

整个**1503**铺的是地热地板，刚刚看到朴彬在客厅里打地铺，我以为自己也难逃厄运，没想到房间内有两张床，就是那种睡单人嫌大，睡双人嫌小的尴尬尺寸（难怪朴彬要把床让给女士，自己到客厅打地铺）。

"妳去哪里了？"金世雅问。

"很热，所以出外走走。"

"很热？"她一副难以置信的模样，"水呢？"

"什么水？"

然后我知道"我"说要到地下一层的超市买水，结果直到现在才进门，前后花了约四个小时。

"噢！那个……水……水……超市没水了，我就出外走走，没想到走那么久了，呵呵！"

她问我那么晚了，难道不怕？

我答不怕，因为有保安。

她沉默一会儿后，要我赶紧就寝，离天亮只剩不到五小时。

说的对，我立马换上睡衣。

～

隔天，我们到**B1**的餐厅吃早餐，原来地下一层别有洞天，不仅有餐厅，还有超市、游乐场、药房、绘本馆、保龄球馆、卡丁车、练歌房、汗蒸室等。当行经超市，我快步走开，对堆在店门口的成堆瓶装水视若无睹，同时祈祷金世雅别起疑心才好。

吃完早餐，我们走向滑雪场买票及租装备，貌似他们昨天已经来过，熟门熟路的，我可惨了，连装备都不知怎么穿戴，朴彬主动过来帮忙。

" 妳很柯爱。"

他把可爱说成"柯爱"，但我听懂了，问他为什么这么说？

通过中韩英三国语言的切换，我终于搞懂昨天的"我"是个滑雪高手，他和金世雅只能自愧弗如；今日的我却像只菜鸟，连滑雪靴都不知怎么穿……

我张口结舌，这个金佳人想害死我不成？穿上滑雪靴的我连走路都困难，如何耍帅？

" 哎哟！" 我捂着肚子喊胃疼。

朴彬对突发状况感到无所适从，还是金世雅脑筋转得快，她要朴彬到药房买药。

人一走，金世雅帮我把滑雪靴给脱了。

我向她道谢，她冷漠地说我不需要这样。

" 哪样？" 我问。

她答一开始我告诉她是滑雪新手，害她事先帮我报了入门课程，结果滑得比谁都好，今天又摇身一变成了连滑雪靴都不知道怎么穿的初学者，不带这么玩的，显得 Low。

我真是哑巴吃黄连。

"对不起，给妳带来麻烦了。"我又捂着肚子，同时露出痛苦的表情，"今天我……胃疼，你们二位滑，我不滑了。"

结果朴彬送来胃药后，那两人真的联袂滑雪去，只有我，面对白雪皑皑的滑雪道无限感慨。

退房后，金世雅表示累了，想回家。虽然我无聊了一整天，很想上KTV飙歌或到酒吧喝两杯，但没说反对的话，如果不是在路上遇到信江，这场滑雪之旅大概就会这么悄然结束。

"你怎么在这里？"金世雅问那人，她的位置最靠近加油站的加油机。

信江一脸惊讶，当得知我们刚滑完雪回来，恍然大悟，回答若不是为了五斗米，他也会跟着一起去。

"你打黑工？"我接着问，就我所知他拿的也是D-4签证，不允许打工。

"可不是？正因如此，老板给我的时薪比最低标准还少一千。"

趁着金世雅在给朴彬做同步翻译，我问信同学怎么整个加油站只有他一人？

他回答本来加油站有三名员工，被老板气走两位后，现在他一人抵三人用，苦不堪言。

"我来帮你吧！"我说。

"不用，天气冷，妳还是赶紧回家。"

我哪肯，自己多喝了咖啡，正精神奕奕着，不找点儿事做，今晚肯定失眠。

朴彬和金世雅一听说我要下车帮忙，很是讶异。

"我没事，你们走，**Go.Go.Go.**"我催促着。

朴彬本来也想留下来帮忙，但金世雅再次表明她累了，于是那个好男人把脖子上的围巾取下递给我，同时叮咛我注意保暖。

"**Gamsahabnida.**"我道谢，心里很感动。

车子走远后，信江教我怎么使用加油枪，原来挺简单的，我很快就上手。

当没有加油的客人时，我们两人会躲进附设的便利店里避开严寒，同时也多了敞开心扉交谈的机会。

"我不知道你那么缺钱。"我说。

"省点儿花肯定够，问题是我总得成家，那就远远不够。"

然后他告诉我拿到大学文凭以后的计划，原来他打算考公务员，然后找一个小城镇过岁月静好的日子。

"听着很美，应该不难达到。"我说。

"妳呢？毕业后打算做什么？"

其实我没想那么远，父母把两亿元人民币存进银行，光利息，一年能有个五百多万，我烦恼如何消化这笔钱就够头疼的，实在没有多余时间想月薪几千块的事。

"还没想过。"我诚实回答。

"那么一起考公务员如何？"他的双眼发亮，"我们互相督促、彼此加油。"

我谢了他，自己不适合体制内朝九晚五的工作，也许当个买手差不多，全世界跑，既开阔眼界，还能满足购买欲。

他停顿一会儿后，问我有没有可能为了某个人改变什么，譬如那人只想谨小慎微，无法海阔天空。

我想起朴彬，他说我"飘亮"又说我"柯爱"，不仅帮我穿滑雪靴，还替我买胃药，最后不忘取下自己的围脖，只为了让我温暖些，但……他是谨小慎微的人吗？

"不知道，凡事皆有可能，不是吗？"我答。

不知怎的，信江听完笑得很开心，把之前的阴霾一扫而空。

～

回到家，我把姐姐叫出来，埋怨她滑得太好，害我不敢露馅儿，以致坐了一天的冷板凳。

"所以妳找信江求安慰，让朴彬和我姐有独处的机会，妳这个鸡头！"

韩国人骂人"鸡头"有点儿戏谑的味道，不算太严重，但我却上岗上线，直接骂她白痴（caon qi），这要严重很多，是赤裸裸的挑衅。

"金圆圆，妳够狠的，看我还理不理妳！"说完，她化为一缕白烟消失。

这已经不知道是第几次姐姐拂袖而去，但我不担心，依据过往的经验，过几天她又会若无其事地出现，我乐得一个人清静清静，然后想想我和朴彬的事，他的一个眼神、一个微笑都深烙在我心上，早已成了我的朱砂痣……等等，姐姐刚刚说什么？她说朴彬和金世雅今晚独处了？

Oh no!

第四十一章/为老不尊

我给朴彬打电话，问他在哪里？他答学校宿舍。

学校宿舍？就我所知，学校宿舍虽然男女混住，但室友一律同性（当然，让同性室友当只"沉默的羔羊"也不是不可能）。

" Sin Gan eodi isseo?" 我问。

他答信江就在他身边，问我是否要找他？我只好答是。

"喂！"

"嗯……我是金圆圆，就想问你回来了没？"

"回来有一刻钟了，妳为什么不直接打给我？"

"你……你的手机好像坏了……对了，金世雅在吗？"

信江答他进门后，她便离开了。

我很想问当时房內两人是否衣冠整齐？后来忍住没问，毕竟这个问题太怪异了。

"妳想找金世雅？"他问。

"也不是……就想知道你是否安全到家。"

"谢谢妳的关心。"

"没事了，拜！"

"圆圆，"他停顿一会儿，"祝妳有个好梦，明天见。"

如果对话就这么结束，我也不致于胡思乱想，问题是他又给我发来"抱抱亲亲举高高"的表情包，这是什么意思？

隔天在楼下碰面，我明显感觉信江变了，也许是眼神，也或许是说话语气，反正他和从前不一样，我因此有了不祥的预感。

跑完步，我很快跟他Say Goodbye，估计他有些懵，但我管不了那么多，我要的是以前的信江，不是现在的信江，后者让我感到莫名的压力和紧张，是一种非常不舒服的感觉。

金爸爸又给我发来短信，他邀请我圣诞夜去观看韩国有名的乱打秀（**Nanta Show**）。我早听说这个音乐剧很具可看性，但我对老男人不感兴趣，所以找了个借口推掉，偏偏就这么凑巧，晚上接到朴彬的来电，他用不流利的普通话问我圣诞夜想不想和他一起去看乱打秀？

"就你和我？"我问。

"信江……打工……金世雅……不知道。"

我很快答好，同时已经决定穿上他喜欢的白衬衫。

韩国的乱打秀全名是《乱打神厨》，剧情描述餐厅后厨发生的糗事，演员们将锅碗瓢盆、刀、菜板、垃圾桶……等变成

乐器，敲打出各种声音，再配合搞笑动作、音乐、特技、歌唱、灯光、魔术等，虽然少了对白，但观众无不叹为观止。

退场后，朴彬问我观后感，想到上次欣赏完马克西姆的钢琴演奏，他也问过同样的问题，我还闹了笑话。为了避免再次丢脸，我请他先发表感言。

由于彼此存在语言障碍，我虽猜到他给的评价极高，但好在哪里？我一知半解，倒是意外得知韩国还有个涂鸦秀，同样了得。

更出乎意料的是，朴彬竟然邀我五天后的元旦一起去观看涂鸦秀，我点头答好。

"妳真柯爱。"他还是把可爱说成"柯爱"。

我问他为什么老说我可爱？

"因为柯爱，所以说柯爱，我喜欢柯爱的女孩。"

他的回答让我想入非非，难道他喜欢我？

"**Park Bin**～"

听到有人喊朴彬，我们同时转头过去，原来是金世雅和……她的父亲。

看到金爸爸，我有想跑的冲动，因为自己给的拒绝理由是身体微恙，如今又出现在剧场，简直打脸。

趁着金世雅正和朴彬谈话，金爸爸问我身体可好？

我答本来不好，现在好了。

他说很高兴我的身体好了，看来可以陪他喝两杯。

我正想拿朴彬当挡箭牌，孰料金世雅说她和朴彬有话要谈，让她父亲载我回家。

"**Park Bin**～"我喊，希望他能解救我。

然而他还是无法意会我的"欲言又止"，竟然挥手和我告别。

没了救兵，我又不好对认识的长辈拉下脸来，只能陪他喝酒，言明只喝一杯，多了我可受不了。

～

金爸爸带我去的是有乐队驻唱的音乐酒吧，歌手的水平很高，虽然听不懂唱的是什么，但整体氛围很好，颇有小资情调。

我点了度数很低的果味啤酒（面对老男人还是得时刻保持清醒），金爸爸不一样，他点完炸鸡、辣炒章鱼、辣拌海螺、生鱼片当下酒菜后，紧接着又要了一杯后劲十足的白兰地。

这倒不错，他赶紧喝醉，我好脱身。

其实吃什么、喝什么都不重要，重要的是一起吃喝的人。我极其不喜欢金爸爸，这与他的始乱终弃、喜新厌旧、心狠手辣不无关系，但他似乎感觉不到我的厌恶，依旧对我"热情如火"。

基于对方是长辈，我尽量做到礼貌而不失尴尬，然而我的忍耐并没有给自己带来好运，相反的，那男人得寸进尺，摸完小手，还沿着我的大腿往上摸……

我骤然起身，躲进厕所里。

"真是为老不尊！也不想想我比他的女儿还小，混账东西！"我对着厕所里的镜子发泄不满。

好不容易才克制住自己的一腔怒火，走出厕所后，我打算即刻拿包走人，然而金爸爸把他的手机递过来，我看见上面写着：对不起，酒喝多了，请见谅，吃完蒸鸡蛋再走。

韩国的蒸鸡蛋不同于中国的蒸蛋或日本的茶碗蒸，它的料更多，也比较干，不是很合我的口味，但金爸爸以一碗蒸鸡蛋表达歉意，我不好意思将局面弄僵，打算吃几口便告辞，至少保持住表面的和谐，可是吃着吃着，四周围的影像渐渐变得模糊，还因室内昏暗的各色灯光，我仿佛跌进万花筒的五彩世界里。

" Kim Wan Wan……Kim Wan Wan……Kim Wan Wan……"

我听到金爸爸唤我，声音忽远忽近（拜托！我该不会被下药了吧？）。

情急之下，我用尽最后的一点儿力气喊出金佳人的名字，随后失去知觉。

第四十二章/穷大叔

我睁开眼睛，看到天花板上的欧式铁艺吊灯，往左看是三门衣柜，往右看是窗户（我还能听到窗外车水马龙的声音）。

蓦然，一个白色影子挡在我面前，我随手抓来耳机戴上。

"妳终于醒了。"金佳人说。

我坐起身来，感觉头痛欲裂。

"我怎么了？"我问。

"我爸给妳吃依替唑仑，这种药品无臭、无味，几毫克的剂量就能让人瞬间入睡。"她答。

我想起来了，吃过金爸爸递过来的蒸鸡蛋后，我开始意识模糊，最后什么也记不起来。

"这个人渣！"骂完，我忽然想起什么，伸手往下探去，还好内裤和长裤都在。

"我爸的确不是个东西，我已经施展小伎俩让他得了教训。放心，妳后来被信江带回家，他是个好人，没有揩油。"

知道信江又帮了我一个大忙，心中五味杂陈。

"妳为什么让信江帮忙？我才不想受他的恩惠。"我赌气地说。

"难道让朴彬帮忙？妳最近和他接触频繁已经让我很不爽，我姐也是，花痴一个！"

金世雅？她怎么了？

金佳人答她姐和朴彬约着元旦看秀。

"朴彬约了我又去约妳姐，太不尊重人了！"我火冒三丈。

"金圆圆，请妳搞搞清楚，朴彬是我的，妳不过是个替身。"

虽然金佳人救了我，但我受够了当别人替身的滋味，甭管姐姐知道"真相"后会不会开心，我现在就想送走这个大瘟神。

"好，我答应妳尽快减到98斤，好让妳去见男神，不过妳也得信守诺言，完成心愿后回到阴间。"

"那当然。"她信心十足地答。

～

为了表达感谢，下午我赶到加油站，信江仍是一个人，忙得不可开交。

"妳怎么来了？身体好点了吗？"他边问边替顾客的车子加油。

"好很多了，所以前来帮忙。"我左顾右盼，"这样吧！你负责加油，我负责便利店收银。"

他望向便利店，果然里面有人。

"好，麻烦妳了。"他答。

于是我成了便利店店员。

这个加油站位于首尔北部的一条小径上，车子得下交流道再左拐右绕，意思是除了偶尔会有的小高峰，客流量其实不大，这大概是老板不急着雇用新员工的原因。

"圆圆，肚子饿了吗？ 我帮妳泡碗面。"推门进来的信江说。

"我不饿，你吃。"

他选的是韩国最近超火的芝麻拉面，里面有鸡蛋块，汤鲜味美，是我挺喜欢的一款泡面。

除了泡面，我看见信江还拿了一小盒的**Nongyee**泡菜。

"买大盒的比较划算。"我建议。

"可是大盒的量多，无法一次吃完，如果拿回宿舍又怕室友抱怨，毕竟泡菜的味道很呛。"

我突然感到心酸，他连吃个泡菜也要瞻前顾后。

"你拿大盒的，没吃完我带回家，你想吃的时候再上门取。"我说。

"太麻烦了，不用。"

"你这个大傻瓜！"我瞪了他一眼。

他愣了一下，恍然大悟。

"那好，恭敬不如从命。"他开心地答。

你若问我为何要"吹皱一池春水"？ 我也说不清。一开始是感恩，毕竟他三番五次地帮我，后来就变调了，他的节俭和少年老成在我看来都成了优点，朴彬反倒渐行渐远，尤其看过"一男二女"的涂鸦秀后，我确信他对每个女生都好，并且有

"三不"政策（不主动、不拒绝、不负责）的倾向，这样的"万人迷"我如何掌握？只能打退堂鼓。

信江后来真的上门取他的泡菜，还是元旦过后他把加油站老板给炒了之后。

"恭喜！进来吧！"我让开门，"我们庆祝一下。"

说要庆祝，不过是热了冰箱里的冷冻米饭，又开了两个不同口味的鱼罐头，加上信江的泡菜，就这么将就着吃。

"下次我煮给妳吃，保管大鱼大肉。"他说。

"本人正在减肥，大鱼大肉就免了。"我答。

自从被金佳人刺激到，我下定决心送走她，第一件事便是减到98斤，如今只差3斤，眼看胜利在望，我得坚持住。

"其实妳现在的体重已经很好了，不需要再减。"

"不，我一定得减到98斤，否则摆脱不了梦魇。"

"是妳姐姐让妳减的？"

听信江这么一问，我放下碗筷直瞪着他。

"抱歉！因为一直没亲眼目睹妳姐姐，所以感到好奇。"他解释。

信江看过金佳人的照片，但没见过真人，我开始怀疑他接近我是因为姐姐，毕竟金佳人比我好看太多。

"早告诉过你，她已经有喜欢的人，你没机会了。"我没好气地说。

信江要我别误会，他对"小全智贤"不感兴趣，反而喜欢"小朴宝英"。

记得语学院开学的第一天，信江便提到我长得像他的偶像—朴宝英。

"那么何不到朴宝英的经纪公司找她？"我问。

"小朴宝英就在眼前，我何必舍近求远？"

"说什么嘛你！"我红了脸。

然后信江支支吾吾地告诉我，他喜欢我，非常非常喜欢，问我愿不愿意跟一个穷小子交往？

我答不愿意。

他难掩失望的神情，像天塌下来了一样。

"我不愿意和一个穷小子交往，但不介意和穷大叔交往，毕竟那人已经25岁，足足大我六、七岁。"

听完，他松了一口气，握住我的手，承诺会永远对我好。

"你一定不能骗我喔！这是我第一次谈恋爱。"我稚气地说。

"我肯定对妳好，除了守护妳，今生没有更重要的事。"他答。

第四十三章/金佳人的计划

对于我的"见异思迁"，金佳人举双手双脚同意，高兴之余还不忘美言几句，在她的描述下，信江成了史上最强之黄金单身汉（当然只比她的朴彬逊色一丢丢）。

"好了啦！谁不知道现在最开心的是妳，再告诉妳更开心的事，我终于减到98斤，妳可以准备会男神了。"

我以为金佳人听到这个大好消息会欣喜若狂，然而……

"妳真的减到98斤？"她极富怀疑精神地问。

"肯定的，今早刚量过，不信我们可以当场验证。"

当电子体重秤显示49.48公斤时，金佳人一副"妳看，我就说妳没有98斤"的神情。

"不会吧？才差0.96斤，妳总不致于连小数点后的两位数也计较吧？！"我问，感觉很不可思议。

"必须是98斤整或以下，多一公克也不行。"她答。

我怒发冲冠，像即将引爆的炸弹。

"别气，妳父母不是要来韩国看妳吗？妳多带他们四处走走，很快就能瘦下来。"

过几天就是农历新年，我父母的确表示要趁着假期过来看我，但我相信金佳人说这些不过是推脱之辞，她肯定还有别的计划。

"说吧！除了妳那无可救药的处女座强迫症外，还有什么我不知道的事？"

"嘻嘻！妳真聪明，我的确有事待办，暂时不能见朴彬。"

即使我死缠烂打，她仍旧不肯说出实情。

"那我还减吗？为了降到98斤，我已经忌口很久了。"我可怜兮兮地问。

"妳可以暂缓实施，等我准备好了再说。"

你有没有恨到想把一个人碎尸万断的时候？我就有，而且是当下。

"别瞪了，小心眼珠子掉下来。"她手指一指，我的床上多出好几沓纸钞，"信江老是穿那几件旧衣服，妳也不替他打扮打扮，这钱够他穿得花里胡哨。"

老天！我缺的是钱吗？还有，我就喜欢信江的朴实，不屑把他变成芭比的男友—肯尼。

金佳人答那也成，这钱就当感谢我为减肥所做的努力与牺牲，随便我怎么花。

我还没来得及二度发火，她已化为一缕白烟，消失得无影无踪。

～

我把信江叫出来吃猪蹄。

"妳不是在减肥？"他问。

为了减到98斤，我已经连续两个礼拜吃不加酱的沙拉及喝草药味十足的瘦身汤，如今我点明吃高热量食品，他当然有疑问。

"不减了，我就想痛痛快快地饱食一顿。"我答。

我们去的是颇富盛名的**Myth**，要了原味及蒜香猪蹄各一份，也不管套餐还附带沙拉及小菜，我又另外叫了拉面、鱼饼汤及紫菜包饭，可惜不管我怎么自弃，肚子一下子就饱了（大概之前过分节食，以致胃缩小的缘故）；信江也是，努力一阵子后还是举了白旗。

"不吃了，走吧！我请你看电影。"我说。

"那这些呢？"信江指着桌上的剩菜。

"不要了。"

"怎能不要？太浪费了！"说完，他招来服务员打包。

走出猪蹄店，我言明不吃剩菜，谁打包谁吃。

"妳家是暴发户吗？"他问。

他还真说对了，我家正是暴发户，但我不打算炫富。

"什么暴发户？横竖只能算小康。我不吃是因为研究显示吃剩菜剩饭有损健康，你也应该及早改掉这个坏习惯。"我答。

信江说他的列祖列宗吃了一辈子的剩菜剩饭，也没见吃出什么毛病来。

"可是他们吃了一辈子的剩菜剩饭也没见省出个啥来。"

"妳该不会以为他们就喜欢捉襟见肘吧？"他一脸严肃，"穷人也想翻身，但资源太少，有时力不从心。"

见信江真动了气，我小心赔不是。

他叹了一口气答没事（可见他有多大度），问我想看什么电影？

我答中国片，因为韩国片及洋片不仅听不懂，连字幕也看不懂，那才叫个心塞。

于是我们一起去看了《流浪地球》，没有再提不愉快的事。

～

自从确认了恋爱关系，我和信江外出的费用都由男士买单，我多次表明请客或AA，全被否决了。

"我比妳年长，理应照顾妳。"他解释。

"可是……"

"放心，这点儿钱我还有。"

如果只是吃吃喝喝，花费还不致于太多，问题是女孩子总免不了买买心头好，这就可大可小了。我多次看到信江打肿脸充胖子的可怜相，心里很过意不去，最后不得不妥协。

"圆圆最近很节俭，这是为什么？"他明知故问。

"如果你有意见，我可以马上恢复败家本色。"

信江摸摸我的头，说没见过像我这么调皮的人，像金世雅一样。

像金世雅一样？我问金世雅怎么了？

"金世雅原本答应和朴彬一起回美国度寒假，上飞机前才取消，原因是她突然想隆鼻，等三月份一开学好给朴彬一个大惊喜，妳说这不是调皮吗？结果朴彬一个人回美国去了。"

我们的语学院还在上课，但本科生及MBA已经放寒假，足足有两个月的时间。朴彬想利用这个长假回美国不难理解，甚至邀请金世雅同行也在情理之中，只是受邀的人为什么临上机前才变卦？这很不寻常。

" 妳确定他是一个人上飞机？" 我问。

" 当然是一个人，不然还有谁？"

我想到的是金佳人，她该不会也跟着一起去了吧？！

第四十四章/父母来访

回家后我立马呼唤姐姐，可惜不论我怎么声嘶力竭，一个"鬼影"也没有。

哼！她铁定找朴彬去了。

我翻包取出今晚买的洗面奶，打算洗洗睡，意外看到包內的电影票，那是一张巴掌大的纸卡，上面写着韩文，有时间、座位号和条码，对了，右上角还被打了个孔（代表已使用过）。

望着手中的电影票，我踌躇好一会儿，最后心生一计，把它覆盖在油菜花田的照片上，朴彬仍在左上角，但姐姐已经看不见了。

～

我和信江站在仁川国际机场的接机口翘首以待，约莫半个钟头后终于看到朝思暮想的两个人。

"爸，妈～"我喊。

"圆圆～"父母齐齐向我走来。

寒暄过后，我才想起忘了介绍重要的人。

"这是信江，我的……男朋友。"我对父母说。

信江随即向两位老人问好。

"好，好，你也是学生吗？"爸问。

"是的。"信江毕恭毕敬地答。

然后我们一同走向停车场。

为了这次团聚，我租了一辆**Hyundai**，若不是怕被贴上"浪费"的标签，我更钟意租**Lexus**的七人座轿车。

由于是租给爸妈，这次信江没有抢着付钱，让我少了心理负担。

按照计划，爸妈会从腊月二十九待到大年初六，前后约一个礼拜，我因此预订了六星级的新罗酒店，因为我的租处只有一张双人床，父母好不容易出国一趟，总不能让他们受委屈。

根据导航的指引，我很快找到酒店，把车停好再办妥入住，时间已经到了饭点。

"我们去吃饭吧！我知道附近有一家卖烤大肠的店，清理得很干净，你们一定会喜欢。"我说。

"那就去吧！圆圆推荐的还会有错吗？"母亲答。

总结在韩国的用餐经验，服务其实都很一般，不过今晚去的这家，态度真的很好，既礼貌又热情。席间，我们喋喋不休地话家常，信江虽然话不多，但有问必答（也难怪，面对老人家难免拘谨）。

吃饱喝足后，我先送父母回酒店，再紧接着送信江。

"妳父母好像不喜欢我。"下车后，信江转身对我说。

"哪有？"我笑了，"你想多了。"

他抿抿嘴，挥手和我道别。

我开车回公寓，拿好换洗衣服又上酒店，并唤来服务员加床。

梳洗过后，我们仨躺在各自床上谈天，母亲问起信江的家境，我据实以告。

"他看起来年纪大妳许多，应该有一定的社会经历。"父亲说。

"没错，之前他有八年的打工经验，因为学历不高，攒够钱便想出国镀金，将来好回乡考个公务员。"

"妳确定他……"

父亲抢话："老太婆还是早点儿睡，明天才有精神玩。"

母亲叨念几句后，熄了床头灯，我们在黑暗中互道晚安。

∽

韩国也过农历新年，称为"旧正"（与元旦的"新正"相对应），不同的是这个国家没有调休，前后只放假三天。由于春节过后语学院仍旧上课，讨论的结果是不上课的这几天由我开车带父母四处观光，接着让他们参加三天两夜的旅游团，结束后直接搭机回国。

让我告诉你这几天我们都上哪儿玩，东大门市场肯定要，其他还有明洞、首尔塔、景福宫、德寿宫、乐天世界、南山公园、梨花壁画村……等。当然，带父母上自己的语学院逛逛也在清单上，还好冬天的庆熙大学依旧美丽，没让我丢脸。

"圆圆呀！这所大学真漂亮，跟欧洲大学差不多。"爸说。

其实父亲哪里去过欧洲？只因这里的建筑很欧式，加上雪花片片，像极了圣诞卡片上的图案，他便想当然尔地对号入座。

"我认为比欧洲大学更好，至少不用担心种族歧视问题，是不是？信江。"我望向男友。

"嗯！"他答，再无一句废话。

由于明天父母就要上旅游大巴，代表今晚的晚餐很重要，为了这神圣的一餐，我煞费苦心。这可不，一听说Mint获奖无数，虽然消费不便宜，还得交押金一百万（不去不返还），我还是订了位，可惜父母对分子料理没好感，他们更喜欢粗放的大鱼大肉及能大声说话的餐厅。

"哎！早知道就吃路边摊，这一餐花了近五十万，够买一只古驰钱包了。"我边开车边懊恼，但也只能对男友发泄。

信江没接话，我问他怎么了？

"没什么，大概在餐厅里遇见金世雅有点儿受惊。"

他不说，我差点儿忘了。当我们在餐厅坐下，没多久来了五个人，就坐在不远处，分别是金世雅及其家人。金爸爸仍是一脸油腻，倒是原配很有气质的样子，一看就知道来自富贵人家，至于两位耄耋老人……该怎么说呢？有点儿幕后老板的感觉，深不可测。

金爸爸和金家二老背对我们坐下，没留意到我的存在尚且说得过去，反观金世雅，面向我们却一副畏畏缩缩的样子，尤其鼻子还挂了彩，说是医疗事故也不像，她父亲可是韩国整形界的一把手呀！

见朋友不愿相认，我和信江很有默契地假装不认识，如今听他一提起，的确有事不对劲。

"没错，她的鼻子不像做坏，反倒像被袭击，而且力道不小，难道是朴彬……"

"不可能，他这个人不可能动粗。"

"说的也是。"我喃喃道。

停好车，我提醒信江别忘了明天一起晨跑。

"我不会忘的。"他心事重重地答。

第四十五章/汗蒸幕

还好隔天天公作美，外面虽然仍漆黑一片，但看得出来云层不多，应该会是个晴朗的好天，我的心情也随之快活起来，然而看到信江后，乌云骤然压顶，郁闷得宛如梵高的作品《麦田里的乌鸦》。

"你怎么了？"我问。

"没事，"他戴上耳机，"今日我迟到十分钟，我们还是赶紧跑吧！"

看他一副拒绝交谈的样子，我只好开步跑，心中悒悒不乐。

～

我边上课边分析，父母来韩国之前，信江一切正常，难道是父母对他说了什么？

" Kim Wan Wan……Kim Wan Wan……Kim Wan Wan……"

等我意识到老师喊的是我的名字时，她已经像一棵大树屹立在我面前。

"**Mwoyo?**" 我问。

老师重复她的问题，如果我没理解错，她问的是语序问题。

韩语的语序和中文不一样，韩语是主语＋宾语＋谓语（主语常常省略）；中文则是主语＋谓语＋宾语。举个例子，中文我们说"我在家里吃苹果"，换成韩语的顺序便是"我在家里苹果吃"。此刻，老师要我把白板上的错误句子重新组合。

我走过去，白板上有七张纸卡，翻译成中文分别是"真的"、"给你"、"我"、"你"、"多么"、"想告诉你"、"爱"。依据动词在后的原则，我拼出的韩文语序是"多么给你想告诉你我真的你爱"，翻译成中文便是"多么想告诉你我真的爱你"。

老师摇摇头，问同学们有谁知道答案？

我看到信江举手，老师要他过来更正（而我仍然站在白板旁，像个傻瓜似的）。

他拼好后，老师满意地点点头。还不止此，那家伙竟然邀功似地念出句子，我因而又看到一张笑意盈盈的硅胶脸。

下课后，我问信江怎么知道这么复杂的句子？

"有首韩文歌的歌名便是，完全一模一样。"他答。

"你会唱吗？"

"正在学。"

"学会了唱给我听。"

"好，如果有机会的话。"

瞧！他是不是很怪？什么叫"如果有机会的话"？又不是生离死别……等等，莫非他得了什么不治之症？

信江苦笑着答暂时他还死不了。

那么就是生离了，为什么？

他摸摸我的头，问我为何该迷糊的时候反倒精明了？

这么说是真的？我的第一次恋爱竟然如此短命，连两个月都不到。

"我哪里不好？"我质问，心里委屈至极。

"妳哪里都好，是我不好，配不上妳。"

"你怎么这么说话？"

好死不死，可恶的铃声此时响起，代表我们又得进教室上课，白白错过了"解开心结"的机会。

本来打算上完半天的课和信江找家环境好点儿的餐厅用餐，在浪漫的气氛下交流总是比较容易大事化小、小事化无，但那个阴阳怪气的人明显不想谈，老师一说完**Nei yil man na yo**，他溜得比谁都快，让我很受伤。

"死信江！我都低成这个样子，你还他妈的不解风情，看我还理不理你！"我愤恨地想。

心情不佳，我决定花钱买开心。首先，我著出租车来到清潭洞的玛莎拉蒂展销厅，花不到十分钟的时间全款买下一辆最新款，这才发现新车不能马上提车，但体贴的车行免费让我使用他们的公司车（一辆**2019**年的**Coupe**，虽然颜色不是我喜欢的，也只能凑合着用）。

接着，我开着银色车一路呼啸着来到光化门吃米其林一星的汤饭。这家的猪肉汤饭由黑猪臀肉和猪肩肉制作而成，汤底爽口又具淡淡的香气，还有，虽然是汤饭，但汤和饭分开来端上，最大限度地保留了米饭的筋道。

吃完口齿留香的汤饭后，我飞车到大牌云集的**Galleria**商场购物，不仅买了衣服、鞋和包，还买了一只百达翡丽，**18K**

玫瑰金镶钻，配上粉色鳄鱼皮表带，很是漂亮。

你若问我几个小时之内就花掉许多人一辈子也赚不到的钱是何种感受？老实说，跟被蚊子咬上一口没两样，这可以解释为什么当我上汗蒸幕（韩国桑拿）时能够毫不犹豫地把那只刚买来的百达翡丽扔进储物柜里。

对韩国人来说，洗澡泡温泉除了舒缓压力，还兼具联络感情的社交意义，于是汗蒸幕就成为一家大小、情侣和朋友们聚会休闲的好去处。

话说我在汗蒸幕柜台不仅买了门票，还买了金牌搓澡师的服务。脱光衣服后，我像条死鱼一样躺在床上任人搓揉。

对于每天固定得洗澡的人来说，我压根儿不敢相信自己的身体原来这么脏，藏垢纳垢到不忍直视的地步。

待皮肤都去除死皮后，搓澡师用香皂擦好我的全身上下，然后请我到隔壁房间淋浴。

由于满意她的服务，除了明码标价的**60，000**韩元外，我又多给了两万当小费。那个女人很开心，拿来店里收费的烤鸡蛋请我吃。

韩国人汗蒸过后通常会吃烤鸡蛋，那是因为大量出汗会导致身体的能量瞬间消耗，吃鸡蛋不仅能补充失去的能量和体力，还能避免出现暂时性肾亏或虚脱之故。

正当我头上顶着羊角包坐在热地板上大啖美味时，有一个人也坐在不远处狼吞虎咽，不同的是她吃的是炭烤鸡蛋，蛋殼是黑的。

"金世雅～"我惊喊。

她转过头来，看见是我，手里的蛋像乒乓球一样滚落至地板上。

第四十六章/欲哭无泪

"妳……妳怎么在这里？"她问。

"心情不好，所以上这里解闷，妳呢？"

金世雅答她的心情也不好，不仅失恋了，还伤到鼻子，这也是昨晚她没和我打招呼的原因，因为太丢脸了！

我问她和谁谈恋爱？还有，怎么就伤了鼻子？

"当然和朴彬……至少我是这么认为。"她把滚落的鸡蛋拾回，丢进垃圾桶，"本来我和朴彬约了一起去旧金山，没想到上机的前几个小时，我从手扶电梯上摔下去，伤了鼻子和手臂。原本我还想依照原定计划赶到机场，朴彬给我打来电话，问我为什么突然不去美国了？还说他希望寒假过后能看到一个匹诺曹。妳也知道匹诺曹说谎时'鼻子'会变长，这是很恶意的取笑，还有，他为什么提到我不去美国？也许他压根儿就希望我去不了。我一气，遂了他的意，返回梨泰院。"

"妳……妳……他……"我一时语无伦次。

"说这个也许妳不相信，摔倒不是意外，当时有人从后推了我一把，后来我调取监控，妳猜怎么着？录像竟然是空白的，而且就在那关键的几秒钟，太不可思议了！"

这次我总算听明白，金佳人连自己的同父异母姐姐也出手了，还让朴彬背了个大黑锅。

"妳的鼻子怎么办？"我问。

"现在比刚受伤时好多了，"她摸摸自己的鼻子，"父亲说等淤青散去再决定要不要整一整。"

换上睡衣上床。

今晚虽然下了小雪，但窗外依旧一轮明月高挂，我看着洒落在地板上的月光发愣。金世雅说她失恋了，我又何尝不是？而且是在一种无过错的情况下……等等，真的无过错吗？我拿来手机拨号。

"……喂！"

"爸，你有没有跟信江讲什么？他现在不理我了！"

"讲什么？没有呀！"

"妈呢？"

父亲答母亲睡了，他也正准备就寝。

我望向墙上时钟，已经夜里11点，我怎么"说风就是雨"？太不体贴人了！

"对不起，不吵你了，晚安。"我说。

"圆圆，"爸喊住我，"我真的什么都没说，只问了妳男友对上门女婿的看法，他表示自己绝对不会当上门女婿，我就没再提，也许他因为这个闹别扭。"

我的老天！但凡有骨气的男人，谁愿意当上门女婿？爸这么问不是给人添堵吗？

父亲答信江的家境跟我们没法儿比，一个天，一个地，即使没让他当上门女婿，到时候他心里依然会有上门女婿的屈辱感，这是事先给他打预防针。

挂上电话，我陷入沉思。父亲说的没错，我家的经济条件的确高出很多，想必信江也留意到，如果让他"由俭入奢"，其实跟上门女婿没两样，父亲的"防微杜渐"不难理解。

我重新上床，窗外的明月依旧，照得屋内亮晃晃的。我又看到了朴彬，白色磁板上的他，侧脸有棱有角，很是俊美，说到门当户对，他才是人选，可惜他的天地无比辽阔，目前大概不会为任何一位女人停留。

"可惜了一腔热情的姐姐……"我边想边将目光往下移，金佳人被一张电影票给遮住，我看不到她，她也看不到我……看不到我……

掀开被子，我下床把电影票挪开，月光下的姐姐依然笑容灿烂。

"金佳人……金佳人……**Kim Ga In**……"我喊。

没多久，白色影子出现了，一脸的不高兴。

"这几天妳上哪儿去了？"我戴上耳机问。

"哪儿也没去，我又被关起来了，这次更奇怪，堵我的竟然是一个大看板，白底黑字，上面有时间、座位号和条码……不行，我得查查最近是不是真的有《유랑지구》这个片子上映。"

我握紧手中的电影票，感觉手心发汗，连吞好几口口水才镇定下来。

"最近的确有这么一部电影上映，那又如何？这不能证明什么，倒是我有话问妳，金世雅的鼻子究竟是怎么回事？"

姐姐果然玩失忆，将事情推得一干二净。

我问她难道不觉得事有蹊跷？金世雅不仅破了相，还认为是朴彬指使人干的好事，一桩美事就这么吹了，可惜呀！

"有什么好可惜的？他们两人本来就不合适。"

我又吞了好几口口水，金佳人明显走火入魔，但凡有人靠近她的男神，她除之而后快，这样的人会"说收手就收手"吗？

"我想睡了，"我上床，"明天还得早起跑步。"

"妳睡吧！我也有事要忙，现在是旧金山的早上，我去看看朴彬起床了没？"说完，她化为一缕白烟消失。

知道如何禁锢姐姐之后，我的心思开始活络起来，我已不再是那个想法简单的人，心里的魔鬼蠢蠢欲动，好几次我将手伸向油菜花田的那张照片，但都被天使给制止了。

"金圆圆，除了这件事，金佳人对妳挺好的，妳可不能忘恩负义。"我向自己喊话。

是的，我不能忘恩负义，她多次解救我，又让我的生活起了大变化，如果从前的我活得像耗子，今日的我无疑已是公主，这些都是姐姐赐予我的，我怎能做人神共愤之事？

按耐住自己驴心狗肺的那一面后，我过上几天相对平静的生活，我是说姐姐没再烦我，信江也和我保持安全距离（没进一步恶化），然而表面的风平浪静不代表水面下没有暗潮汹涌，这一天跑完步还是出大事了。

"明天……我辞职。"信江对我说。

"辞职？我不知道你又找了份工作。"

"我的意思是我不再陪妳跑步，我们之间的雇佣关系……解除了。"

我原以为至少男友还愿意陪我跑步，留得青山在不怕没柴烧，有一天他想通了，事情会有转机，没想到他直接放一把火把山给烧了，彻底断了我的念想。

"那好，你想今天结账吗？"我问。

"随便，看妳方便。"

于是我上楼拿钱包，再下楼来。

"这个月到今天为止是二十八万五千元，我给你三十万。"说完，我把钱交给他。

他默默收下后，走了。

就这样？连分手的话都没说？

我的第一次恋爱止步于区区三十万韩元，真是欲哭无泪呀！

第四十七章/代购

隔天，我意兴阑珊地起床，慢慢地洗脸、慢慢地穿衣、慢慢地出门、慢慢地下楼、慢慢地……

"妳今天晚了，"信江看了一眼腕表，"已经06:35。"

"你……你……"我吓得目瞪口呆。

"我想了很久，不平等的爱情难以持久，所以首先我们得解除雇佣关系，妳不再是我的雇主，我也不是妳付钱请来的陪跑教练，咱们平起平坐。换言之，今天我来是以男友的身份和妳一起跑步，下次妳可不许再迟到喔！"

刹那间，我红了眼眶。

"哭什么？"他摸摸我的头，"傻丫头！"

"还不是你逼的？有像你这么捉弄人的吗？"

我这厢哭得惨兮，他那厢却一点儿反应也没有，直到我平静下来，他才递过来一个小盒子。

"别想贿赂我！"我把头转向一旁。

"妳若不要，那我扔了……我真扔了……三……二……一又二分之一……一又三分之一……一又四分之一……"

我看见同栋楼的邻居对我和信江行注目礼，简直丢脸死了！

"得了，"我把盒子抢过来，"这次若再被你捉弄，我就跳汉江给你看！"

眼前是个宝蓝色丝质面小盒，打开后，里面躺着一条纯银镀白金锁骨链，坠子是朵小雪花，上面镶嵌着施华洛世奇钻。

"太漂亮了！"我惊叹，"你怎么有钱买？"

他把项链从盒子里取出，替我戴上后，答："昨天妳不是给了我三十万？"

"我……我以为……以为那是'从此两清'的证明，再说了，你把钱拿去买项链，接下来岂不是要勒紧裤带过活？"

信江要我别担心，他已经找到代购的工作，勤快点儿，一个月应该能有个一百万元收入，最重要的是上班时间自由，不会影响正事。

天哪！如果他知道前几天我才刚买下一辆玛莎拉蒂及一只百达翡丽，不知作何感想？那可是"好多好多"个一百万。

"太好了，恭喜！你肯定能成为代购大王。"我说，借以掩饰尴尬。

"大王不敢当，糊口而已。"他又看了一眼腕表，"再不跑，来不及上课了。"

于是我们又一起跑步，像往常一样。

～

没有什么比"失而复得"更让人懂得珍惜。

风雨过后，信江为了避免成为"上门女婿"，努力自食其力；而我为了不让男友心里有落差，努力"由奢入俭"（当然，这仅限我和他在一起的时候，私底下我依旧买东西不看价钱，把"败家女"发挥到极致）。

虽然我俩都试着迎合对方，但弊端还是在一个月后显现。

"你越来越忙了。"我抱怨。

"**Ja-gi-ya**，妳应该感到高兴才对，这代表老板越来越肯定我了。"

因为学习韩语的缘故，现在信江每天换花样喊我，**Ja-gi-ya**（宝贝儿）的出现率最高，其他还有**Yao-bu**（老婆），**Ha-ni**（外来词**Honey**），**Dar-ling**（外来词**Darling**）……等。

"可是我好无聊。"我答。

"那么妳来帮我吧！"

我一听来劲，这可比每天追剧或打游戏有趣多了。

"好呀！怎么帮？"我问。

根据男友的分工安排，他跑新单，我跑旧单，因为有的货售罄，总得三、五日后才会有。

"什么？！"我扬起声，"我以为我们一起跑单，结果还是各干各的。"

"**Yao bu**，"他喊我老婆，"一起跑单效率太低了，我们早点儿干完还能一起吃宵夜，多好！"

就为了吃上那一口热饭，我答应跟着男友做代购，于是他把旧单发给我，又给了我一沓钱。

"这是干嘛的？"我问。

"买东西不给钱吗？"

"为什么不网上支付？"

"妳去问大盘！"

原来这行还分等级，大盘吃剩会给到中盘，中盘吃剩再给到小盘，信江明显属于最低一级，说白了就是个跑腿的，量大时连饭都吃不上。

"还好'上游'给钱，否则'下游'的你如何支付？话说回来，上游的心真大，也不怕下游的人拿着钱和货跑了。"我说。

信江笑我愚蠢，钱是他先代付，月底再结。

这下子换我担心上游的人会不会跑路？若真跑了，信同学岂不是白干？

"能怎么办？人生地不熟的，总得找个人相信。"他无奈地答。

由于我是第一次跑单，信江信不过，只给了我五单。

"妳有导航地图，真不行就指着订单上的地址及店名问路人，到了店铺就喊暗号 **Kim Wan Wan**，店员会把货交给妳。"他叮嘱。

我问为什么暗号是我的名字？他答那是性感小妖精的代称，还有其他问题吗？

"去去去，"我推他一把，"我得工作了。"

根据导航，前三单在东大门市场，后两单在明洞。我不辞辛苦地回家把玛莎拉蒂开出来，因为自从买下它后，那个可怜的家伙就一直待在车库里蒙尘，今日我终于有机会带它出去玩玩。

没想到车子一发动，后照镜上赫然出现一个白色的影子，把我吓得不轻。

"能不能别这么吓人？有一天我会被妳吓死！"我捂着胸口说。

看金佳人的嘴巴一张一合，我找来耳机戴上。

"开学了，我跟着朴彬一块儿回来，经过这一次的朝夕相处，我更爱他了，不仅爱他这个人，还爱他的家人，他们全家都好有素质，是我喜欢的类型。"

"想必朴彬及其家人也同样爱妳。"

"金圆圆，妳就不能善良点儿？"她怒不可遏，声音带着杀气。

在外人眼里，我的确不够善良，说是在伤口上撒盐，一点儿也不为过，但想想姐姐，她难道就善良了？远的不说，近的让金世雅破了相，她倒好，和男神在美国相亲相伴，一去就是一个半月，还好我没出事，否则岂不是叫天天不应，叫地地不灵？

她回答我都成年了，能出什么事？再说了，让我和男友独处难道不好？想必我俩的感情在这段时间内精进不少。

"这倒是真的，我现在就赶着出门见他，妳还是消失吧！"我说。

金佳人倒很干脆，一眨眼的工夫就不见了。

我再度发动车子，然后往东大门市场的方向开去。

第四十八章/被唤醒的眠火山

东大门市场虽然有点儿国內小商品市场的味道，但不表示店员们都素面朝天或资色平庸，相反的，我看到好几个可以加入男团或女团的年轻人。

说到这里，我不得不提这个国家的奇特之处，他们很重视个人形象（到了变态的程度），以致我几乎没有看过丑陋的欧巴或欧妮，倒不是"天生丽质"，而是"后天努力"居多，这个体现在两方面，一是整形，韩国的整形医院遍地开花，很多父母以"送子女上整形手术台"作为成年礼物；二是化妆，韩国人鲜少不化妆就出门，即使汗蒸完或在门口倒个垃圾，他们也会认认真真地化妆。

回到东大门市场，打完招呼**"An nyong ha se yo."**后，我把手机上的订单递过去，再说出暗号—**Kim Wan Wan.**

" Oh！Kim Wan Wan." 那个看起来像韩星裴秀智的店员立马蹲下去翻找，我看到地上已经有好几个打包好的袋子。

"拿去，" 她递过来其中一个袋子，" 十万。"

我早知道这里的店员多少能说我的语言，只是从进店到现在，我说的都是韩语，她却回复我普通话，可见我的外国腔有多严重，而且一看就知道是华人，一点儿也没被"韩化"。

给了她十万后，我来到下几家，皆是类似的情境和对话，看来代购不难，甚至有些无聊。

办完正事，再想到信江还在马不停蹄地跑腿，我何不借机逛逛？反正这里到处都是小女生喜欢的玩意儿。结果这么一逛，把一千五百万给逛没了（钱主要花在爱马仕鸵鸟皮康康包上，那凸起的小圆颗粒可爱极了）。

"嘟……嘟嘟……"是信江的来电，他喊我Ja-gi-ya（宝贝儿），又问我在哪里？

我回复在商场里，还有，他要的东西我都买齐了。

"很好……除了代购的东西，妳还买了什么？"

"没买什么，只买了一个发夹，一万元不到。"

男友很满意我的回答，问我要不要吃宵夜？

"好呀好呀！我的肚子饿得咕噜咕噜叫，就等这一刻了。"

于是他约我在乐天大厦对面的"包装马车"见面。

熟悉韩剧的人一定对"包装马车"不陌生，它是餐车构成的夜市摊点，很像国内的路边摊、大排档或者流动快餐车。

我等了一小会儿，男友就出现了，他问我想吃哪家？

"就那家吧！"我指着正对面的这一家，"我想吃韩式锅贴。"

韩式锅贴形似中国南方的"大馄饨"，除了不是水煮，而是加水油煎外，它还有一些不同之处，譬如内馅用的是肉馅及根茎类蔬菜（非叶菜类）、调料用的是黑胡椒且不加姜葱、蘸料则以酱油、醋、韩式辣酱等调制而成。

"好，妳吃韩式锅贴，我吃炸藕及五花肉炒洋葱，再来两瓶初乐。"他说。

我无异议。

总结吃"包装马车"的经验，食物虽然很正，价钱也便宜，但对于太讲究摆盘及用餐环境的客人来说，我建议还是另觅他处，因为这里的盘子都套着一个塑料袋，而且为了节省时间，菜肴都是直接盛到盘子里，汤汤水水的，缺乏美观性，除此之外还得付出劳力（端菜及善后工作都有劳顾客执行）。

吃完宵夜后，信江提议坐公交车回去。我不敢说自己的玛莎拉蒂就停在不远处，后车厢还有今晚的战利品，包括一个一千三百万元的包。

"好。"我答。

然而走到东大门设计广场及历史文化公园交汇处，我看到一片亮晃晃的花海。

"哇噻！这也太美了。"我边说边走上前去。

瞧！一朵朵白玫瑰用丝绸制成，每个花瓣上都有细细的纹理，花蕊当中还有发光设置（但整枝花看不到电线和电源）。放眼望去，少说也有上万枝，如同徐志摩所言—数大便是美。

"咱们拍张照吧？！"信江说。

面对美景，我怎能答不？

于是他拿出自拍杆，我们对着镜头挤眉弄眼，背后是闪着光亮的玫瑰花。

N连拍后，我嘟起嘴来（很多女生拍照时都习惯做出这个动作），以为信江会有样学样，偏偏他不配合，直接把嘴覆盖在我的嘴上。

"信……嘿……干嘛……我……"

"别说话。"

我们吻了又吻，直到嘴唇都沾满了口水。

"讨厌！"我推他一把，然后将口水拭去，"你是消防车吗？那么多口水。"

"我不是消防车，我是眠火山，刚被妳唤醒。"

"说什么嘛你！"我很困窘，眼光直盯着地面。

"我说……附近有个山洞，我们去瞧瞧！"

结果他带我来到一家酒店，房间里无窗，地面、墙面和天花板皆以红砖砌成，猛一看更像是砖窑，但软装方面挺现代的，譬如席梦思床、大浴缸、平面电视、小冰箱、感应式灯光……等，还有还有，吧台上有免费的零食和面膜供应，但小套套要收费，而且比超市卖的贵上好几倍。

"圆圆，妳参观完毕了没？我们只有三个钟头，刨去妳对酒店公共区域的拍拍拍和刚才极富探险精神的搜索状态，我们只剩下不到120分钟。"

信江的抠无所不在，连上酒店他也选择钟点房。

"可是……"

"没有可是，"他走过来拥抱我，"春宵一刻值千金。"

我提醒他小套套一个要五千元。

"没关系，我有。"他边答边伸手到吧台上取了一枚蓝色包装的保险套。

第四十九章/切结书

我不知道别人的第一次是不是都很糟糕，反正我的第一次一言难尽，让我告诉你是怎么回事。

当万事俱备只欠东风时，我的天敌（蟑螂）从天而降，吓得我张皇失措，一把推开压在身上的男友。

"怎么了？**Ja-gi-ya.**"他问。

"你……头发……头发上有蟑螂。"我打着哆嗦答。

信江下意识去摸他的发，说时迟那时快，这只健壮的蟑螂竟然展翅飞翔，并且把整个房间纳入它的飞行范围内。

"别理它，不过是只蟑螂而已。"男友无所谓地答，然后重新向我靠近。

"不行，"我再度推开他，"我怕，你去消灭它。"

信江一副生无可恋的样子，但还是照办。只见他拿起酒店拖鞋当凶器，发现不好使后，改向走廊的清洁人员借杀虫剂，这次果然让蟑螂奄奄一息，我也松了一口气。

没想到当他去拿纸巾，"打不死的蟑螂"竟然败部复活，信江顾不上别的，赤手空拳便去捕捉，终于让蟑螂死在他的两掌之间。

"啊～啊～啊～"我惨叫声连连。

"妳又怎么了？"

"去……去……洗手……太脏了！"

等他洗手回来已经物是人非。

"圆圆，妳去哪里？"信江难以置信地问。

"回家，这里所有的一切都让我受不了，想到你双手沾满蟑螂的器官及体液，我恶心到想吐！"

说完，我真的头也不回地离开，还好玛莎拉蒂就停在不远处，算是不幸中的大幸。

～

金佳人听说一只蟑螂坏了我和男友的好事，乐不可支。

"别笑了，我心情不好。"我边跑边说。

"看样子妳身后的信江同样也心情不好，皱紧的眉头可以夹死一只蚊子。"

昨晚我很没风度地舍信江而去，原以为今晨只有我一人跑步，没想到他还是出现了。

"妳赶紧消失吧！省得我又自言自语，成了别人眼中的怪物。"

"也好，我去看看朴彬起床了没。对了，今晚我有事跟妳商量，记得早点儿回来。"

姐姐消失后，我沿着清溪川跑回住处，一边跑一边欣赏水里的鱼儿和岸边的鸟群，好不惬意！

等我跑回公寓楼底下，信江很快也抵达。

"今天还帮我跑单吗？"他问。

"好，反正没事，不过今天我得早点儿回家。"

"我知道，因为妳的姐姐有事跟妳商量。"

我张大眼睛看着他。

"我猜的，不然还有什么事能让妳早点儿回家？又不是家里孩子成群需要人照顾。"

"当然不是，"我放下戒心，"昨晚……"

信江要我别提昨晚的事，就当它是生活中的调剂品，一笑而过吧！

难得他看得开，换成我恐怕要消化好几天才会云淡风轻。

"那好，待会儿见。"我向他挥手。

由于昨天工作顺利，今日下午信江决定让我跑新单。

"小菜一碟，不过一买一卖，何难之有？"我轻松地答。

"为了不让妳骄傲，我给妳几个难搞的单子，还有，"他递过来一个袋子，"客户把尺寸搞错了，妳去换成大一码的。"

等我真正接触到，才知道男友所言何物，那几个臭娘们简直内分泌失调，讲话阴阳怪气不说，还特会拖，搞得像我求她卖东西给我似的。至于那套尺寸搞错的童装，后来虽然给了大一码，但也不是说换就换，前后浪费我不少口舌。

"原来代购也不是件美差，还是坐办公室强，既有冷暖气吹，也不用舟车劳累。"我心想。

由于金佳人一早提醒我有事相商，跑完手上的单，我开车回公寓。

"这么早就回来，真是好宝宝！"她说。

我把包扔向沙发，人躺在床上呈大字型，无奈地答："晚回来不对，早回来又被妳奚落，我里外不是人。"

姐姐要我别误会，她没恶意，只是意外得知一个好消息，所以急着和我商量。

我问这个好消息是针对我还是针对她？

"对妳、对我、对朴彬都是好消息。"

听到这个回答，我立马知道自己又要挨刀子。

"妳打算什么时候换身？换多久？"我问。

"嘻嘻！妳真是心领神会，一点就通。实话告诉妳，这周五是国会议员选举日，朴彬没资格投票，所以打算周四晚上飞济州岛，三日后返回，我决定借此机会杀他个措手不及。"

"朴彬去济州岛干嘛？"我问。

"四月正是油菜花田最绽放的季节，他当然不愿错过。"

我继续给金佳人出难题，表示经过这几日的胡吃海喝，我应该胖了，达不到她的体重要求。

她答从现在到周四晚上还有**48**个小时，我忍一忍就过去了。

呵！什么叫"忍一忍就过去了"？反正饿肚子的又不是她，还有，不光她和朴彬有旅游计划，我和信江也打算利用这个小长假出外走走，做人不能这么自私！

姐姐答如果她是"人"就不会这么自私，偏偏她不是，所以才会这么低声下气地求我……

我依然不肯松口，以致隔天跑步时她"阴魂不散"。

“说！到底怎样妳才肯答应？”

听她这么一问，遂了我的意（我之所以磨磨蹭蹭就为了等待这一刻）。

“听着，我要妳写下切结书，油菜花田之旅后立马消失，永远不再打扰我的生活。”

“妳就这么恨我？”她扬起声。

“不是恨妳，而是妳把我的生活全搞乱，毕竟人鬼同处一室太……太诡异了，我希望过上正常人的生活。”

金佳人陷入沉思，直到我从上凤火车站往回跑，她还是闷不吭声，我不得不激她两句。

“随便妳，妳若想一直纠缠我也行，我反正不合作，妳也别想成为朴彬的白月光。”我说。

“金圆圆，算妳狠！好，我同意写切结书，不过妳得在两日内减到98斤或以下，否则我就跟妳耗下去！”她愤恨地答。

第五十章/细思极恐

为了在两日内减掉五公斤，我用了最极端的"老干妈节食法"，也就是当肚子饿时就舔一舔老干妈油辣椒或风味豆豉，让嘴巴有咸味，不致于什么都没有（说白了就是对身体所实施的障眼法）。

除此之外，我还做了大量的运动，跑步、爬楼梯就不说了，连在室内我也拼命做仰卧起坐及交互蹲跳，眼看剩下不到十个小时，而我还有两公斤没减下来，这可怎么办？我急得像热锅上的蚂蚁。

还好天不绝人，就在无计可施之时，我灵光乍现，打电话让男友上市场给我买油鱼。

"韩国已经禁止买卖油鱼，妳不知道吗？"他问。

"啊？真的？为什么？"

"因为油鱼含有蜡酯，人体很难消化，部分人进食后会出现腹泻、肠胃痉挛、头疼等症状，油脂还可能从肛门流出。"

哎！对一个资深的减肥者而言，我怎么可能不知道吃油鱼的危害？之所以有疑问是国内尚能买到油鱼，为什么隔了个黄海就被禁了？

信江答油鱼属于低价鱼，因为经常被韩国的无良商家买来冒充价昂的鳕鱼，所以被禁售了。

"难道首尔就没有一个无良商家？我不信！你去帮我买来，否则……否则我就往窗外一跳，一了百了。"

我的任性多少带点儿撒娇的意味，毕竟我住的是二楼，跳下去大概死不了，顶多缺条胳膊断条腿。

"妳等我一下，千万别跳，我这就帮妳买去！"我的男友如临大敌。

挂上电话，我才发现有事不对劲，信江不仅不阻止我吃油鱼，还"助纣为虐"，还有，我跑完两天单就不跑了，连语学院的课也连旷两天，他完全没问缺席理由，好像再正常不过，这不是很可疑吗？

然而我的怀疑精神只维持不到两分钟，很快又被"过胖"的焦虑给蒙蔽双眼，直到信江来到，我才停止"胡思乱想"。

"妳确定要吃？"男友问我。

也不知他从哪里拿来了两片油鱼，面对昔日的"减肥神器"，我心有余悸，但仍果断点头。

于是他卷起衣袖开火油炸，很快屋内便鱼香四溢。

是的，油鱼一点儿也不难吃，甚至称得上好吃，我之所以胆颤心惊是因为食过之后的狼狈。

"你还是赶紧走吧！不送。"吃完油鱼，我催男友离开。

他没啰嗦，爽快走人。

等了三十分钟，肚子终于咕噜咕噜响，我冲进厕所大拉特拉，只差把肠子也给拉出来。还不止此，橙黄色的油脂也随之源源不断流出，以致我得使用卫生巾才不致脏了底裤。

"金圆圆，妳想害死我是不？待会儿上飞机，我岂不老跑厕所？"金佳人没好气地问。

我答若不是被逼上梁山，何苦出此下策？再说了，我只管减到她要的斤两，至于如何办到……她管不着！

姐姐又埋怨几句才不得不接受既定事实。

等我拉得差不多，往体重秤上一站，还好不负所望。

"太……太好了……终……终于减下来……我……我他妈的也太难了……"我哭得稀里哗啦。

相对于我的无限感动，金佳人反倒很平静。

"妳的切结书呢？"哭过后，我没忘了重要的事。

"急什么？等换好身体再写也不迟。"

"那……妳确定星期日回？"

"当然，朴彬隔天还得上课。"

想到再忍耐三天就能彻底自由，有什么比这个更值得开心？所以当姐姐提议提早一个小时换身，好让她美美地出门时，我二话不说就同意了，毕竟这次她是以金佳人的样貌面对朴彬，女为悦己者容，我能理解。

"圆圆，谢谢妳，妳真是我的好妹妹。"

不知为什么，听到"好妹妹"三个字，我全身打颤，仿佛有不好的事即将发生。

"别客气，当妳的好妹妹是我毕生的荣幸，何况这个机会很快将不会再有。"我一语双关地答。

化妆的最高境界是看不出来化妆过，金佳人把这个发挥到极致，那副楚楚可怜的样子，我见犹怜。

当然，她化妆不为了我，我怎么想的不重要，重要的是朴彬怎么想，他还记得她吗？那个不食人间烟火的天仙。

姐姐化完妆，对镜检查再三，我在镜子这端无限纳闷，明明面对的是我却不是我，连鼻头上的痣也消失得无影无踪，让人不得不佩服金佳人的神乎其技。

直到出租车抵达楼下，姐姐才拉上行李箱离开我的视线范围，然而走没两步她又踅回，留下一张A4纸后才真的离去。

囚禁我的依然是卧室梳妆台上的镜子，不同的是眼前除了奥黛丽·赫本的肖像海报、白色双人床、欧式铁艺吊灯、三门衣柜……外，还多了一张切结书，它就贴在镜子上，想假装看不见根本不可能。

我，金佳人，在此成诺2019年4月18日凌晨零时起将不再出现在金圆圆面前，若有为逝言，不得好死！

成诺人：金佳人（2019年4月14日）

猛一看，洋洋洒洒，但内容禁不起细敲（错字可以暂时忽略不计），姐姐分明已经死了，再死一次已经不具备任何意义。再有一点，她承诺不再出现我面前，可没承诺会回来与我换身，万一她不回来，我便永远被禁锢在这个镜子里，只要她不进屋，也算不违誓言（永不出现在我面前）。

想至此，我惴惴不安，竟到了夜不能眠的地步。

第五十一章/难言之隐

为了减到**98**斤，过去两天我无所不用其极，现在既然已经达到目标，为了犒赏自己，我把自己当猪养，除饱食终日外，还无所事事，日子不要过得太美！

开始觉得不对劲是冰箱里的东西"有减无增"，更要命的是连桶装水也没见递补，这很不寻常，过去姐姐通常是即刻补上，不劳我操心。

由于联系不上姐姐，加上"未雨绸缪"的心理，我下意识少吃少喝，饶是如此，食物和水还是逐日递减。

"还好再过几个小时姐姐就回来了，不然一个苹果、两只鸡蛋、一盒泡菜要我怎么活？"望着冰箱内的冷清，我自言自语。

然而我担心的事还是发生了，说好**17**号晚上回，**18**号中午金佳人仍不见踪影。

我趴在窗户上望眼欲穿，看到的仍是空荡荡的房间，一个人影也无。

金佳人，我还能信任妳吗？

我把床移到窗户下，如此一来，即便躺在床上，我也能在第一时间内发现姐姐回来了。

然而一天过去了、两天过去了，今天已是**20**号，金佳人仍未归，她在哪里？难道真的把我给遗忘了？

想到远在威海的父母及爷爷奶奶，再想到信江，他们联系不上我会有多着急？

除了远虑，我还有近忧，冰箱里的食物已经被我吃完，只剩柜子里的少许饼干；桶装水也早喝光，现在的我烧水喝，如果连屋子里的水电也被切断，注定只有死路一条。

"金佳人，妳在哪里？"我忍不住拍打窗户喊。

果然回复我的依然是一室的寂寥。

"金佳人，妳在哪里？"我有气无力地喊，连拍打窗户的动作也轻了许多

今天离约定日子已过了五天，姐姐仍然没有回来。我的泪水早哭干，悔恨之情已经不足以形容我当下的心境，如果让傻子列队，我大概能排第一位。

"金圆圆，天下之大，大不过妳这个缺心眼的，就没见过比妳还蠢的人，妳这个猪头！"

尽管我将枪口对准自己，把一个叫"金圆圆"的人打成了筛子，依然无事于补，直到房东走进我的视线范围内，我才停止向自己炮轰。

"妈的，我不是换门锁了吗？他如何进来？这个王八蛋！看我出去后饶不饶得了他？！"

没等我发泄完毕，我竟然看到信江，他和房东一样寻寻觅觅，不仅把被子掀开，还打开三门衣柜……

"信江～"我拍打窗户，"我在这里……这里……"

可惜他听不到，更惨的是他竟然随房东而去，我急得眼泪哗哗哗地流，还好他又踅回，并且直直向我走来。

我以为他看见我了，心噗通噗通地跳。

原来他依旧看不见我，也听不到我说话，他之所以走过来是因为留意到镜子上贴着一张A4纸。

"信江～"我再次拍打窗户，"我在这里……这里……"

他的脸部表情告诉我一切都徒劳无果。

等他真的带着切结书走了，代表希望的曙光也隐去，我重新又回到黑暗之中，那滋味比被判死刑还糟糕。

～

我睁开眼睛，看到天花板上的欧式铁艺吊灯，往左看是三门衣柜，往右看是窗户（我还能听到窗外车水马龙的声音）。

"我在做梦吗？还是已经死掉了？"我自问，然后眼光一扫，发现金佳人正坐在梳妆台前。

我立马跳起，并且抓来耳机戴上。

"妳还知道回来？我差点儿死掉，知道不？"我河东狮吼。

"妳以为我故意不回？济州岛迎来八十年来最大的台风，不仅飞机停飞，连船只也进港，我能怎么办？妳教我！"

我仍气愤难平，就算天灾好了，人祸怎么解释？食物也不帮我补上，害我饿得两眼昏花。

针对这点，姐姐承认是她的过错，因为心情不佳，她没想那么多，**Joesong-habnida**！

我连叹三声，才把那口怨气给吞下肚。

"算了，反正没下回，我们还是一笑泯恩仇，我祝妳一路走好，来生再见！"

"圆圆～"

听到姐姐唤我，我的心直线下落。

"不行，妳写了切结书，难道忘了？"我不假辞色。

"我没忘，尤其一出机场就被信江给堵上，他指着切结书问我怎么回事？然后十万火急地押着我回家，估计妳再不下楼，他就要报警了。"

听完，我冲向窗口往外看（不敢开窗），果然看到男友在楼下来回踱步，很焦急的样子。

"妳等着，这事还没完。"说完，我推门而出。

信江看到我，表情极其复杂。

"**Hi.**"我勉强挤出笑容。

"妳已经消失一个多礼拜，像人间蒸发了一样。"他说。

"我知道……我……我也不想……哎！一言难尽……"

男友抬头看了一眼我的窗口，问金佳人是不是还在屋内？

"是……不是……是……不是……"我已经不知道回答哪个对我最有利。

信江继续给我出难题，问："妳姐姐很像照片中的人，以致我能在机场一眼认出，但她好像也认得我，我不记得曾和她打过照面。"

"我……我……我给她看过你的照片，所以……"

"那好，妳现在把她叫出来，我猜她还在屋内，因为打从她进入公寓，我一直在此守候，除非她插上了翅膀。"

情急之下，我只能转移注意力，言明我饿了，想吃东西。

"正好，妳把妳姐姐叫出来一起吃。"

看信江铁了心要追究，我只能求他行行好，放我一马。

"妳……"他又看了一眼我的窗口，"妳有难言之隐？"

我默默点头。

"去哪里？"他问。

"跟着我就是。"我答。

第五十二章/谎言

很久以前金佳人曾经说过如果方圆两米内皆没有镜子，那么她便无法出现在我面前，所以我带信江到邻近的历史文化公园，这里有两个运动场地，由于足球场上已有人在踢球，我们来到棒球场正中央大约二垒手的位置上，除了避开游客，还有一个重要原因，那就是目测方圆两米内皆没有镜子。

排除环境因素后，我把目光投向信江，问他身上有没有镜子？

"镜子？"他把裤袋里的东西全掏出来，"除了钱包、手机、钥匙、耳机和一卡通之外，没了。"

我把那个有着貔貅挂件（具驱邪、挡煞、招财等寓意）的钥匙扣从他的掌心拾起，翻到祥兽底部，我看到一面镜子，随手抛向本垒的位置。

"圆圆，妳干嘛？"信江睁大眼睛问。

"待会儿再捡回来，除了这些，还有没有别的？"

"没了。"

我不信，亲自动手检查，果真如他所说，没了。

连最后一个可能性也排除后，我连吞好几口口水才鼓足勇气问："信江，我能信任你吗？"

"当然，妳当然能信任我。"他摸摸我的头，再把我的衣领翻好，"放心，即使妳说妳是个男的，我也会替妳保守秘密。"

我噗嗤一笑，原本紧张严肃的场面变得轻松许多，然而我仍开不了口，支支吾吾半天。

"先深吸一口气再说。"他建议。

果然吸气过后，讲话顺利多了。在我的描述下，金佳人虽然化为女鬼，但非常有人味，我希望不致于把信江吓得屁滚尿流。

"妳的意思是过去几天妳一直被关在镜子里，而所谓的结拜姐姐利用妳的身体去和朴彬见面？"

"是的，不过我先声明一下，虽然身体是我的，但脸蛋不是，因为金佳人会使用小伎俩，像……像哈利波特一样，你……懂吗？"

老实说，如果有人告诉我这么一件匪夷所思的事，我肯定认为他的脑子有问题，但事实就是事实，我祈祷信江不要把我和疯子画上等号。

还好我的男友深明大义，他没逃之夭夭，也没怀疑我的脑壳坏了，反而庆幸我已经摆脱姐姐，从此可以过上正常人的生活。

"那个……我也不清楚是否摆脱了。听她的口气，和朴彬见面并没有带来预期的结果，所以我不知道接下来她会怎么做。"

"这就麻烦了。"

"是呀！咕噜咕噜……咕噜咕噜……"

我赶紧捂住肚子。

"圆圆，这该不会是从妳肚子发出来的声音吧？"信江难以置信地问。

我无奈承认自己已经饿得前胸贴后背。

"那赶紧的，我们找家餐厅吃饭。"

没等我们抵达信江口中好吃到爆炸的餐厅，路边的吐司厚蛋烧、章鱼芝士条、炸紫菜卷已经抚慰我的肚皮，再来一串烤绵花糖冰淇淋，嗯～今生已了无遗憾。

"圆圆太好养了，"男友笑了，"不到两万元就解决一餐。"

其实这跟实际有出入，便宜的路边摊和价昂的高级餐厅我都能接受，不像信江，在他眼里花大钱（尤其非必要的消费）等同犯罪，他好像忘了赚钱是为了花，毕竟生活除了面包，还需要鲜花点缀。

"是很好养，要不，让你包养得了。"我开着玩笑。

"可以，每个月五十万，如何？妳有空帮我跑跑单，我不会亏待妳。"

五十万韩元约三千元人民币，对于清苦的学生而言，足矣。

"好呀！反正做这行不难。对了，好久没见朴彬，他可好？"

"很好，尤其和金世雅的误会已解开，从济州岛回来后两人天天见面，大概算是'朋友之上，恋人未满'的阶段，毕竟朴彬的女性朋友太多了。"

金世雅？从济州岛回来？天天见面？

我一时懵了，金佳人今天才回首尔，朴彬应该也是，那么他和金世雅要如何"天天"见面？

信江答朴彬是**17**号晚上回，毕竟隔天还要上课，今天是**23**号，当然能"天天"见面。

由于匆忙出门，我什么东西都没带，要来信江的手机后，我上网查济州岛的历史天气，看到结果，顿时五雷轰顶。

"信江，过去几天韩国有没有台风？我是说济州岛。"我仍做最后的努力，试图替姐姐开脱。

"台风通常发生在夏末秋初，四月份很少有台风，我也没听说最近有，反倒新闻经常报导现在是上济州岛观赏油菜花的好时机，同时提醒游客拍照可以，请别带走，因为那是农民辛苦劳动的成果。"

我打了个寒颤，好心情顷刻崩塌。

"信江，我累了，想回家。"

"好，我送妳，明天还跑步吗？"

"当然。"

～

回到家，我立马把姐姐叫出来。

"说好和朴彬见完面就消失，妳应该遵守诺言，不是吗？"我决定先礼后兵。

"我也想，但事与愿违，对不起，我还得多待几天。"

按照金佳人的说法，事情并没有按照预设的脚本走，好不容易她避开金世雅，而且时间掐得刚刚好，正是太阳初升起的时候，然而……

"妳能相信吗？当我怀着小鹿乱撞的心走向他，并且鼓起勇气道早安，他……他竟然只是微微一笑而已。我不甘心，质问他难道忘了我是谁？他答没忘，当年被我无视，屈辱还在。我说他度量小，那么久远的事还记得，他表示应该感谢我，若不是我，他现在不会拥有整片森林。"

我想过姐姐和男神见面时的种种可能性，偏偏没想到这一个，正应验了那句话：昨天的我妳爱理不理，今天的我妳高攀不起。

"既然这样就别强求，妳也可以拥有整片森林，我是说……来生。"

"不，妳不懂，朴彬依然对我有感情，否则早被某个女生给俘掳了。"

我给她来个当头棒喝，直指朴彬最近和金世雅走得很勤。

"这就是证明，我的同父异母姐姐长得跟我有些相像，朴彬不是真的对她有意思，而是在她身上看到我的影子。"

真不知该如何唤醒一个执迷不悟的人，明明两人已经没戏，金佳人还自我感觉良好，简直太魔幻了！

"既然这样，施个小伎俩让朴彬拜倒在妳的石榴裙下得了，何难之有？"

"早告诉妳我不是无所不能，再有一点，换身后，我的小伎俩大打折扣，这也难怪，凡人很少有超能力。"

原来如此，怪不得金世雅这次没有缺条胳膊断条腿。

"说吧！妳现在打算怎么办？"我躺在床上呈大字型，心灰意冷地问。

按照姐姐的计划，惟有重新成为朴彬的白月光，这件事才算画上圆满的句号。

"妳是圆满了，朴彬怎么办？日夜思君君不见，好残忍呀妳！"

也许我的轻蔑表情伤了她，金佳人又旧事重提，仿佛我身上的一根汗毛都是她赐与的，让我很不爽。

“拿走！把妳想要的通通拿走，我根本不屑拥有。”

“得，我就让妳尝尝一无所有的滋味！”

金佳人走后，我才发现忘了问那个"来无影去无踪"的台风，但问了又如何？她照样能用另一个谎言来圆谎。

"还好姐姐毕竟回来了，证明她尚有良知，不是吗？"我做自我安慰，虽然心里仍有隐隐的不安。

第五十三章/毁约的是小狗

隔天一切如常，跑步、上课、吃午餐，信江还允许我先回家睡个午觉再开工。

"等我睡醒，太阳恐怕下山了。"我说。

"没关系，我给妳的这单是私下接的，拿几个样品就能有三万元收入，全给妳！"

听男友的口气，仿佛许了我大片江山，我欣然接受，并且毫无愧疚地回家补眠去。

一觉醒来果然华灯初上，稍微梳洗打扮后，我开着玛莎拉蒂去赚三万元。

按照信江的指示，我只要到布料市场找带有几何图案的雪纺样品即可，越多越好。

我在市场内转了转，拿走不少样品，原以为一个小时就能搞定的事，却被信江的一通电话给幻灭了。

"圆圆，客户要的是雪纺，不是蕾丝面料，小心拿错了。"

我有多件蕾丝内衣裤，也有几件雪纺连衣裙，你若让我说明两者的差异，大概就是前者摸起来是突的，后者摸起来是平的（像纱一样，但比纱轻柔，穿起来很仙）。

怪就怪样品都装在小塑料袋里，看得见摸不着，以致我把艺术性多于仙气的蕾丝误认为雪纺。

信江告诉我其实不需要触摸也能判断，标准是蕾丝的洞眼比较大，因为它是用钩针编织的网眼组织，而雪纺没有洞眼。

"好啦！我重新找就是。"我答。

"旧地重游"其实没什么大不了，奇怪的是店员往往对我行注目礼，大概没看过拿走样品又还回来的顾客吧！

"妳不舒服吗？"一个会说普通话的店员忽然问。

"没有，我没有不舒服。"

"一个小时前我看过妳，脸没那么大。"

脸大？我就近找了面镜子，天哪！那不是两百斤时期的我吗？两个腮帮子鼓得圆圆的，外加去也去不掉的双下巴（低头时能达到惊人的三下巴）。

这一惊非同小可，顾不上样品，我直奔玛莎拉蒂，然后把车歪歪扭扭地开回家。

等我关上房门，裤扣适时崩开，如果不是脱裤及时，估计现在脱都脱不下来，让71厘米腰围的裤子紧绷着我的下半身。

想到《爱丽丝梦游仙境》里的爱丽丝，她吃了蛋糕变大，喝了药水变小，我既没吃蛋糕，也没喝药水，怎么就忽然横向发展？

肯定是金佳人干的好事，这个下作小人！

我气呼呼地在梳妆台前坐下，没错，我的脸重回国字脸，像是发酵后的面团；我的上半身也不再凹凸有致，更像"肚腩大过胸"的庞然大物。

这不是我要的！

我越看越气，越气越失去理智，等我再有意识，眼前的镜子已经四分五裂，凶器是一个透明的小玻璃容器。

"**The Ginza** 的面霜很贵，少说也要七十万韩元。"金佳人现身，而且有些兴灾乐祸的样子。

"不用妳管，我高兴！"我将头撇向一旁，看都不看她一眼。

"妳很快就要高兴不起来，就算不吃不喝，总得交房租吧！这里的房东大多不讲人情，没钱立刻请妳睡马路！"

"太好笑了，我怎么可能没钱？"

话一说完，手机铃声响起。

"圆圆呀！爸今天去取钱，竟然取不了，银行说我们的钱被冻结了。别着急，这几天妳就暂用银联卡里的钱，别用信用卡，我怕刷不了。"

我使用的是父亲的信用卡副卡，他的账户出问题，我肯定受影响。

"家里还有现金吗？"我困难地问。

"几百元而已，这也是我今日上银行的原因，希望很快能正常取款。"

事实是我一天不妥协，一天取不了款，但我无法这么答。

"爸，你应该对中国的银行有信心，过几天肯定能取。"

"最好如此，我还得带阿福去看兽医，不知怎的，今天它的脚又瘸了，还带着血迹。"

我的老天！那个疯女人连狗也不放过，还是不是人？（错了，她早已不是人，而是走火入魔的厉鬼！）

挂上手机，我问金佳人到底想怎么着？

"**Oh no**！妳该不会以为我故意给妳找麻烦吧？"她故做惊讶状，"我不过是受妳所托，把赐与妳的收回来而已。"

她赐与我的？那么我累死累活地节食及运动又为哪般？还有，老宅是祖先留下来的，她惟一的贡献便是告诉我它值钱，但归根结底是房子本身矜贵，否则烂木头如何卖高价？

然而说这些都枉然，在姐姐的逻辑里，我是吃她肉、吸她血的寄生虫，没有了宿主，寄生虫也该跟着同归于尽。

"说吧！妳想要什么？"我无力地问。

如果只是我个人的问题，那好解决，大不了把玛莎拉蒂及百达翡丽给卖了，省着点用，也许还能撑到毕业，但现实是金佳人把我的家人也拖下水，我不得不抛开尊严与魔鬼谈条件，何况阿福还等着被解救。

"为了不吓到妳，咱们逐项进行，首先妳去拆散金世雅和朴彬，他俩已经连续约会好几天，这不是个好兆头。"

我问她不是有小伎俩？拿出来使使得了，何必有我？

"当然得有妳，我们是拴在一根绳上的蚂蚱，要死一起死，要活一块儿活，惟有把妳拉下神坛，妳才有可能真的助我一臂之力。"

我感觉自己正一步步走向罪恶深渊，而逼迫我的是比亲姐姐还要亲的闺蜜。

"然后呢？解决一个金世雅，还有成千上百个金世雅，除非朴彬就是个柳下惠，偏偏他不是。"

"这个妳先别管，解决一个是一个。"

"妳的意思是我得替妳工作直到朴彬再也引不起任何女人的兴趣？"我喊。

"也没那么夸张啦！只要朴彬开口说爱我即可，我的要求不多。"

我懂了，姐姐之所以至今还"流连忘返"乃因"被拒难堪"，只要给足面子（哪怕是假的），她也就顺着台阶下，我连棒打金世雅都不用做，岂不快哉？

"好，一言为定，别到时又毁约了。"我说。

"当然，毁约的是小狗。"

这誓言听起来怪怪的，但我没多想，因为该烦恼的事太多，好比如何让朴彬解开心结重新爱上那个昔日的高傲女神。

第五十四章/软肋

和姐姐做完口头协议，我把地上的裤子拾起穿上，**71**厘米腰身的裤子竟然又合身了。

所以当几个小时后得知老爸的银行卡又可以正常取款时，我毫无欣喜之情，仿佛日出日落一样自然（不是我淡定，而是失而复得的感觉并没有那么美妙，好比吃了一颗又大又红的苹果，滋味却是酸的）。

~

和姐姐谈话过后，为了不殃及无辜，我的作法简单粗暴，隔天上完课便到图书馆的报刊室找朴彬（他约我在那里见面）。

庆熙大学的图书馆与其他运用现代技术建造的图书馆不同，它是用打磨的石头堆砌而成，予人一种回到中世纪的感觉。

我走进报刊室，很容易就找到朴彬，他正在看《**Korea Travel Books**》，这是一本汇集韩国全方位旅游信息的宣传刊物。

"**Mwogongbu haeyo?**" 我问。

他答他正在查找资料。

朴彬就读的是酒店观光学院的经营学部，跟旅游的确扯得上关系。

基于"要言不烦"的原则，我咳嗽两声后，告诉他—金佳人是我姐。

"**Kim Ga In**？"他喃喃自语，似在脑中搜寻。

"佳人"这个名字在韩国算不上烂大街，但自从女星韩佳人出名后，唤"佳人"的女孩多了起来，也难怪，这是个追星能追到成为私生饭的国度，那么让自己的名字和偶像沾上边也就不足为奇。

想必朴彬认识的"佳人"不止一个（以致他需要回想再三），我早有准备，当他看到我手中的照片，随即"噢"了一声。

既然认识就好办。

"**Sa lang hei yo.**"我说。

韩国偶像剧中，男主角经常会对女主角说"**Sa lang hei yo.**"（我爱妳），当然女主角在天时地利人和之下也会说同样的话。这句"**Sa lang hei yo.**"其实没有主词也没有受词，就只是个"爱"字，在面对面的情况下，简单明确，偏偏我搞错了，不是我表达爱意，而是代替他人表达，那么主词和受词就不能省略，否则要出大事了，果然……

面对朴彬的惊恐表情，我赶紧亡羊补牢，声明不是"我爱他"，而是"金佳人爱他"，已经很久很久了。

我的烂韩语让朴彬一头雾水，没办法只能祭出英语。

"**She，**"我指着照片中的姐姐，"**loves you, understood？**"

"**But I don't love her.**"

我没想到朴彬比我想象的还要执拗，直接判姐姐死刑。

这可麻烦了，他若不爱她，代表众多的"金世雅们"都得遭殃，而我便是那磨刀霍霍的刽子手。

我还想游说，看到右前方的女生掏出化妆镜来，立马打消主意（我可不能让金佳人发现我逼着男神撒谎）。

找了个借口离开后，信江适时来电。

"妳在哪里？辣炖鸡都上桌了。"他说。

"好，马上到。"

～

这是一家凡庆熙大学的学生都知晓的百年老店，排队是常有的事，大概错开了饭点，今日没怎么等位。

"妳去哪里了？"男友问，顺便呈上用金属碗盛装的白米饭。

韩国人习惯用金属制的碗、筷、勺、杯，在我看来这是满新奇的一件事，差异性还不止此，譬如中国人用筷子吃饭、用勺子喝汤；而韩国人用勺子吃饭及喝汤，用筷子夹菜，还有，端起碗来吃饭在韩国是不礼貌的行为（他们认为没人抢你的饭，何需端着？）。

"我去见朴彬了，"我看着桌上的菜肴，"你怎么还没开动？"

"等妳呀！对了，什么事要见朴彬？"

我四处张望，肉眼能见到的就有两面镜子。

信江心领神会，把炖煮到酥烂的鸡肉夹进我盘里，说："赶紧吃，待会儿老地方见！"

～

我们又站上棒球场二垒手的位置，信江的貔貅挂件钥匙扣照旧被我扔向本垒。

"妳的意思是妳被金佳人派去铲除异己，除非朴彬开口说爱她。"

"没错，要命的是朴彬现在对她兴趣缺缺，而我连说服他说谎的理由都没有。"

看信江的表情就知道他也陷入苦思。

"怎么办？这有悖我的教育及自我期许，但如果不照办，我会失去所有。"想至此，我痛苦不已。

他问我难道金佳人就没有软肋？连圣经上的大力士**Samson**都有软肋，只要剪去头发便会力量全无。

我不知道**Samson**是谁，但姐姐的确有软肋，只要遮住油菜花田照片上的姐姐，她会被囚禁在镜子内。

"没有，没有软肋。"我答，因为害怕有人会伤害姐姐。

"看来我们只能尽力撮合他俩，"他停顿一会儿，"妳确定只要朴彬开口承认爱她，金佳人便会永远离开？"

其实我非常、非常、非常……的不确定，但仍点了个头（凡事只能先往好的方向想，再说，眼下除了满足姐姐的愿望，也没别的路好走，不是吗？）

"那好，我找个机会跟朴彬谈谈，再决定下一步怎么走。"他答。

第五十五章/始作俑者

"金世雅明天要和朴彬去釜山。"金佳人说。

"So?"

"我想一起去。"

"那就去呀！"我边跑边答。

"谢谢！"

奇怪！谢我什么？

等我从贞和女子中学往回跑，暮然想起姐姐无法"亲临现场"，除非又利用我的身体。我的老天！简直没完没了。

跑完步回到公寓楼底下，信江对我说："朴彬明天要去釜山。"

"我知道。"

"妳怎么会知道？"

"我……你刚刚不是才说他明天要去釜山吗？"

"想不想一起去？朴彬也邀了我和妳。"

我回答不想，没料到当晚就被金佳人缠到睡不好觉。

"早上妳才说我可以去，怎么又出尔反尔？"她问。

我告诉她当时嘴快，没想太多。

"我不管，我就想去。"

"妳有没有想过金世雅会怎么想？自己的同父异母妹妹就这么莫名其妙地出现。"

金佳人沉默一会儿后承认这是个问题，不过也不是全然没有解决的办法，只要不以本尊的形象示人即可，在他们眼里就是金圆圆跟着出游，何难之有？

我找了无数个理由推脱，包括今天早上才跟信江说了不去，这会儿又去，岂不怪哉？

"这个妳别管，我有办法解决。"

眼看推不掉，除了妥协，别无他法。

"那么明天早上跑完步再换身。"我说，心想总得给信江提个醒。

"没问题。"姐姐笑眯眯地答。

一觉醒来，我上洗手间梳洗，然后换上Nike运动服，再穿上Adidas跑步鞋。万事俱备，我伸手去开房门，然而即使使劲吃奶的力气，依旧打不开。

我有了不祥的预感，赶紧跑向窗户，当看到窗外是奥黛丽·赫本的肖像海报、白色双人床、欧式铁艺吊灯、三门衣柜……时，我傻眼了。

金佳人不仅食言，还神不知鬼不觉地与我换身，那么昨晚又何必问我？她反正能说换就换。

我细思极恐，身体不由自主地打颤。

～

百度上写着：甘川文化村位于釜山市沙下区甘川洞，由五零年代的太极道信徒和避难人民共同聚居形成，至今仍保留着历史的痕迹。为了保持这一特色，艺术家们和当地居民共同携手打造"釜山的马丘比丘"，那些依山傍海而建的彩色房屋又称为韩版的"圣托里尼"。

我躺在床上刷手机，脑海臆想着那四人到了哪里？被金佳人冒充的"我"有没有使坏？还有，信江是否发现"此金圆圆非彼金圆圆"？

就这么东想西想，又到了饭点。我走向冰箱，里面塞满了食物，而且多是微波食品，不劳我洗切；再望向桶装水，它是满的，足够我喝上十天半个月。

还好这次姐姐没忘了我的民生问题，那种"被饿死或渴死"的恐惧一次就够。

～

我在镜子里盼呀盼，总算把姐姐给盼回来了。

"是谁答应跑完步才换身？还有，妳是怎么做到不需要我同意就能换身？"我戴上耳机没好气地问。

"时间紧迫，我姐约了朴彬吃早餐，我得及时打消那两人独处的机会。至于另一道问题……我利用小伎俩在妳的脚趾上切了个小口子。"

我低头一看，果然有个小伤疤，这个贱人！

268

"信江有没有发现妳不是我？"我再问。

她眼球一转，回答应该没有。

我有点儿小失望，以为至少信江能分辨出我的"独特性"。

"妳没把金世雅给怎么了吧？"我三问。

"众目睽睽之下，我能怎么着？"

说的也是。

于是我催姐姐赶紧消失，被她这么一折腾，也不知**APM**现在还打不打折？

金佳人摇摇头，感慨我被信江同化了，那小子连吃根冰棍还得考虑半天。

"他有没有请妳吃冰棍？"我四问。

"怎么可能？我就没见过这么抠的男人，也只有妳受得了。"

不对，信江虽然很抠，但对我一向大方，他之所以没请吃冰棍，原因只有一个。

赶走姐姐后，也不管已经夜深人静，我立马约了男友在老地方见。

～

"你说金佳人把金世雅给拐跑了？"我问。

"不是金佳人，是妳，金圆圆。"

对呀！的确是我。

"后来呢？"

"我和朴彬只好返回首尔。"

我越想越不对，要信江把前因给交待清楚，不能漏掉任何一个环节。

在他的描述下，我知道他们四人在甘川文化村有一段快乐时光，不仅参观了照片画廊、夜幕之家、天空之脊、书店咖啡馆、和平之家、光芒之家、艺术商店、社区中心、村庄博物馆等九处景点，还集齐了访问图章。一切都相安无事，直到朴彬提议打道回府，而金世雅还不知死活地邀请朴彬上她家跟她的家人打声招呼，事情才有了变化。

"什么变化？"我问。

他答"金圆圆"适时喊口渴，还强拉金世雅一起去买水，结果他和朴彬等半天等来一条"我们两人已经打车回首尔"的短信。

"我猜妳应该没事，毕竟对金佳人而言，留妳尚有用处；金世雅就不好说了，我希望她也没事，否则大家都有麻烦。"他补充说明。

信江口中的"大家"指的当然是他、朴彬和我，偏偏始作俑者金佳人毫发未损。

我立马打电话给金世雅，可惜手机一直无人接听。

"换你打。"我对男友说。

"妳不是才刚打过？莫非……"他想了想，掏出自己的手机，"好，我打。"

知道金世雅接听了信江的来电（却忽略我的），我的心沉入海底。

第五十六章/打草惊蛇

信江挂上手机，我问他们都谈了些什么？

"金世雅问我在哪里？我答我和妳正在历史文化公园的棒球场上，然后她就挂了。"

这真奇怪！

更离谱的是当我们离开棒球场，还未走出光熙市场我就被逮捕了，罪名是"袭击他人"。

"信江，我怕。"我向男友求助。

"别怕，我马上跟过去。"

即使警车驶离，我仍能从后照镜中看到那个忧心忡忡的男人立在原地对我行注目礼。

打架在韩国当然属于违法行为，如果调解不成，将会受到行政处罚（罚款或拘留）。

罚款我不怕，毕竟我家的钱巨多，但拘留可不行，打从出生起我就没犯过法，哪怕偷同桌的一块橡皮。

为了不在人生的旅途中留下不美丽的印记，在警察面前，我把态度摆得很低，**"Zui song he yo"**(对不起）说了不下数十遍，可惜依然无法撼动受害人想入我罪的心。

也难怪，金世雅的脸又破了相，最糟糕的是鼻子，虽然贴上纱布，但肉眼能见到血迹，而从肿胀的程度来看，这次非整不可。

" 对不起，" 这次我改说普通话，并且行一个九十度大礼，" 我不该打妳，再怎样也不能打人，实在对不起。"

我感觉信江拉了我一下。

" 妳……妳没打我呀！" 金世雅一脸懵相。

我没打她？那干嘛抓我来警局？还让我像个孙子似的猛道歉，这不是欺负人吗？

金世雅问我是不是失忆了？我是没打她，但推人也算袭击，否则她身上的伤哪里来的？

我的脑子迅速运转起来，甘川文化村依山而建，到处可见高高低低的台阶，"推人致伤"的理由完全可以成立，何况这已不是金佳人第一次"犯案"。

" 金世雅，" 信江开口了，" 妳原谅金圆圆吧！她肯定不对，回去我会……"

趁着男友在帮我说好话，我看了一眼当班警察，大概见多了打架滋事的人，他们索性让被害人和加害人自行协商，自己则坐在一旁看报喝茶去。

" 听着，" 我接下棒子，" 就算我推妳好了，我不也道了歉？妳行行好，放我一马吧！要多少钱我付就是。"

我的再度表态让男友的努力前功尽弃，金世雅认为我毫无悔过之心（悔过个啥？人根本不是我推的），非让我吃点儿苦头不可。

当铁门关上，代表我的苦难正式开启。

~

我的罪名是"袭击他人"，由于被害人拒绝调解，我被判行政拘留三天，不留案底，也不影响我的学生签证。

虽然只有短短三天，对我来说却犹如千日般难熬，因为有人的地方就有江湖，即使韩语不好，我也被迫选择站队，以致"出狱"的那一天，诸多惨痛的回忆涌上心头，我竟然抱着信江痛哭流涕，仿佛遭受莫大的委屈。

"别哭了，"他抚摸我的后背，"想吃什么？"

哈！生我者父母，知我者信江也。

我很快拭去眼泪，回答"中华料理"（被行政拘留不可能吃好喝好，加上"犯人"中只有我是中国籍，在此情况下，我越发思乡，还有什么比吃到家乡菜更能抚慰一颗游子心？）。

"没问题，圆圆想吃什么，信江就买给她吃。"

面对男友的豪气和宠爱，我感慨万千，"士为知己者死"大概就是这种感觉。

~

吃完香港饭店的海鲜面、糖醋肉及煎饺后，我终于有余力恨那个害我服刑三天的结拜姐姐。

我并没有明说，但憎恨的眼神瞒不了人，信江要我稍安勿躁，忍一时风平浪静，退一步海阔天空。

"道理谁都懂，但……"我看到那个白色的影子在信江身后飘呀飘，"但我还是会照做。"

"那就好，吃完饭我送妳回家。"

回到家，我把说过的话丢到脑后，开始大闹天宫。

那个始作俑者随即把过错推给金世雅，说她太小题大做，不过是小擦伤，至于闹到警局吗？

"妳好像无过失，都是别人的错，好意思吗妳？"

"对不起，下次不再赖妳。"

即使金佳人道了歉，我也不打算饶她，新仇加上旧恨，我恨不得她立刻在我眼前消失，此生永不再见！

她可怜兮兮地问我难道没有挽回的余地？为了弥补，她什么事都愿意做，哪怕上刀山下油锅，在所不惜。

"那妳去呀！没被千刀万剐或被火纹身，千万别回来。"我气愤地答。

"好，如果这是妳想要的，我绝对满足妳！"

看她化为一缕轻烟，我的心里很忐忑，但又宽慰自己没事，姐姐已经死了，死了的人即使上刀山下油锅也没痛感，不是吗？

结果隔天我吓得没如约晨跑，同时不抹胭脂不施粉就去上课，我们的硅胶女老师还问我是不是病了？既然已经病了好几天（被行政拘留所找的借口），再多休息一天也无妨。

我回答没事，请假太多天也不好。

女老师对我投来理解的眼神，同时很体贴地不给我添麻烦（我是说不指定我回答问题，以免让我下不了台），倒是信江很担忧，时不时望向我。我假装没看见，强迫自己认真上课。

"妳还好吧？"下课后，信江问。

"不好，很不好，你有没有被橡皮糖粘住，甩都甩不掉的经验？"

"没有，但我能想象得到，那一定是特别糟糕的体验。"

"没错，生不如死。"

自从搭上金佳人这个女鬼，我已经多次受惊吓，理应免疫了，但这次不同，也许是睡前的那一番谈话，入睡后我竟然被姐姐带着参观炼狱，同时目睹她上刀山下油锅的惨状，那滋味真是一言难尽，仿佛看了一场身临其境的恐怖片，到现在还没缓过来。

"妳可不能死，妳死了我怎么办？"

"我不死也半条命，真不知活着还有什么意义？"我面向男友，很情真意切的，"信江，你帮帮我。"

我一定是脑子进水才会向无辜的第三者求救，因为爱我的男友做了一件他自认为有效而实际上打草惊蛇的事，让我的处境更加艰难。

第五十七章/惊喜？

上完课又吃完午饭，信江问我今天能不能帮他多跑几单？

虽然自己的精神状态不佳，但回到公寓只会让事情更加恶化，我需要走出去看看外面的世界，顺便转换一下心情。

"好，没问题。"我答。

"能给我妳公寓的钥匙吗？"

"干嘛？"

"一个小惊喜，现在还不能说。"

不会吧？我的生日是六月九日，但农历生日却是四月二十九日，正是今天，没想到信江这么细心，连我的农历生日也记在心里。

"喏！拿去，"我把钥匙递过去，"一定得让我惊喜到尖叫才行。"

~

信江给了我不少单子，我开着玛莎拉蒂来回奔波。由于心中期待今日稍晚会有的小惊喜，所以即使有些店员大姨妈来了，我也忍了。

"Ja-gi-ya，妳在哪里？"男友打电话给我，照旧喊我"宝贝儿"。

"我在Coex商场里，买完Le Labo的檀香22号就能回去。"

"提醒妳今晚用硫磺药皂洗澡，我已经摆在妳的浴室置物架上，听师傅说那个东西非常害怕火药硝石的味道。"

师傅？那个东西？

信江哈哈大笑，他说我回去就知道了，钥匙在信箱内，还要我路上小心。

我有了不祥的预感，拿上要买的檀香22号，我把玛莎拉蒂开得风驰电掣，即使被电子监控摄像头拍到也在所不惜。

停好车，我冲上二楼，首先看到的是房门上贴着的巨幅钟馗相，那豹头环眼、铁面虬鬓、满脸胡子的狰狞面孔，连生而为人的我也感到害怕。

我赶紧把包打开，然而即使翻了个底朝天，仍然找不到钥匙。灵光一闪，我冲到楼下信箱区。

待房门打开，我倒吸一口气，原本玄关处有一面穿衣镜，现在没了，换上一个水晶风水球摆件。往前走，电视背景墙上多了幅七彩金鱼画像，桌上也多了一盆仙人掌。

我接着打开卧室门，床头上挂着一把桃木剑，而角落的梳妆台已经不具备梳妆功能，因为镜子不知所踪。

信江的确给了我一个值得尖叫的理由，但不是惊喜，而是惊吓，尤其那个白色的影子又在我眼前飘呀飘。

"妳从哪里来？"我戴上耳机问。

她环顾四周，答："好大的工程呀！看来挺大费周章。"

"我问妳怎么来的？"

"抽屉里不是还有一面化妆镜？呵呵！即使把它扔了也无济于事，只要这个世界上还有镜子，妳摆脱不了我。"

"我也知道摆脱不了妳，至少目前是。"我无力地答。

她接着问我为什么派信江和一个四眼田鸡前来摆弄一些奇奇怪怪的东西？

我答不是我指使的。

"那么就是信江的自发性行为，也就是说他不仅知道我的存在，还知道我是个游魂？"

"不，不是的，我告诉他晚上睡不好觉，没想到他自做主张请风水先生摆放了几样东西，如此而已。"

"是吗？我问他去。"

看姐姐要走，我一急，不惜来个玉石俱焚。

"金圆圆，妳有病是不是？"她喊。

人鬼触身的结果便是各自的五脏六腑全被捣碎。

"不是我有病，而是妳，妳病了，"我坐在地上痛苦不已，"为了达到目的，妳无所不用其极，我不认为朴彬会爱上这样的妳。"

金佳人愣了一下后，笑了，样子让人不寒而栗。

"如果我得不到爱，妳也别想拥有，因为我们是吉凶相救、福祸相依、患难相扶的结拜姐妹。"她说。

"为什么？我以为……以为妳会高兴我拥有幸福。"

"对于什么都没有的人而言，妳所拥有的便是原罪。当然，我不介意妳开开心心地度过一生，但前提是我也必须开心。"

我握紧拳头，直到手心都要沁出血来才松开。

"只要不伤害信江，我什么都愿意做。"我说。

"信江若知道妳这么为他着想，肯定感动得一塌糊涂。"她答。

"妳怎么了？好几天闷闷不乐，而且也不再帮我跑单了。"下课后，信江问。

"没什么，大概天气热的关系。"

韩国五月份的天气还算宜人，但中午很热，能达到二十七、八度。

"可别中暑了，对了，告诉妳两个消息，一是金世雅没再和朴彬约会；二是朴彬承认对金佳人旧情难忘。"

我"噢"了一声。

"就这样？我以为妳会很开心。"

我怎么开心得起来？金世雅没再和朴彬约会是我搞的鬼，而朴彬对金佳人旧情难忘也是我"献身"的结果，他俩已经连续约会好几天（只是信江还不知情），即使是座冰山，早化了，何况男生原本也喜欢女的。

"我是开心呀！只要郎有情，我才有可能脱离苦海，不是吗？"我答。

"忘了问，经过师傅的精心安排，那个东西还出现吗？"

"那个东西"指的当然是金佳人。

我要他别再瞎折腾，白浪费钱而已。

信江听完很生气，他说要去砸对方的招牌。

"拜托你行行好，别再给我幺蛾子了。"我无精打采地说。

"妳是不是生我气了？"

"没有。"

看男友一脸受伤，再想到这几天我一直将自己封闭起来，我们已经很久没有出外走走。

"下午一起去看场电影，我想看《海绵宝宝3》。"我说。

"好。"他答，一扫阴霾。

第五十八章/万念俱灰

《海绵宝宝3》讲述海绵宝宝心爱的宠物小蜗被绑架，海绵宝宝和派大星前往神秘的失落之城亚特兰蒂斯展开营救。在这场充满危险又妙趣横生的冒险活动中，海绵宝宝和他的朋友们用实际行动证明友谊的力量……

我不是很喜欢看动画片，但烦心事太多，我需要一个相对天真无邪的气氛好放松自己，然而金佳人仍不愿放过我，她在屏幕前飘忽不定，以致我无法专心享受这个过程。

"妳还好吧？"信江压低声音问我。

"很好。"我又换了个坐姿。

也难怪他会有疑问，电影才开始没多久，我像身上爬满了虱子，动个不停。

我以为自己的坐立不安会"劝退"姐姐，可惜没有，她反而飞向我，当近到打喷嚏能波及的范围内时，我蓦然起身。

"妳去哪里？"信江又压低声音问。

"我上洗手间。"

确定洗手间里没人后，我戴上耳机对姐姐说："妳已经连续和朴彬外出好几天，我也需要娱乐，妳不能这么自私。"

"我这是乘胜追击，好早点儿放妳自由，妳总不愿见我功亏一篑吧？"

金佳人很懂得给糖吃，但我压抑太久，急需喘口气。

"明天再换，让我和信江好好把电影看完，可以吗？"我哀求。

"行，如果这是妳想要的。"

我重新回到放映厅，海绵宝宝正和朋友商议如何救小蜗，眼前少了姐姐的干预，我终于能安静地看场电影。

当电影结束，大灯亮起。

"圆圆，我不舒服。"信江说。

我一看，吓坏了，他脸色惨白，双手捂着肚子。

"你怎么了？"我着急问。

"不知道，妳从洗手间回来后我便开始肚疼。"

我边责怪他不早说边请电影院的工作人员帮忙叫救护车（毕竟我连身处何处都说不清楚）。

信江得的是阑尾炎，腹痛已经扩散到左下腹部，代表阑尾已经化脓，医生建议马上动手术。

"不需要，保守治疗即可。"我请翻译小姐告诉医生。

医生问我可是病人的家属？我回答我是病人的夫婚妻。

他摇摇头说我太不把阑尾炎当一回事，治疗若不及时恐引起併发症。

我再次表达保守治疗的意向，医生叹了一口气后，开了抗生素的药单给我。

等我把药取回来，刚才还病恹恹的人已经坐起，脸颊比我还红润。

"你好了？"我问。

"嗯！真奇怪，刚才痛得要死，现在却完全好了，仿佛做了一场恶梦似的。"

有什么好奇怪的？金佳人不过是借机给我下马威，既然目的已达到，她见好就收。

"信江，既然你已经没事，我先走一步，她……她还在等我。"我说。

那个"她"虽然没明说，但信江的表情告诉我，他已经知道是谁。

"圆圆，妳不怕吗？"男友忧心忡忡地问。

"怕，而且很怕很怕，但我无计可施。"我苦笑，"放心，明天还见面。"

～

隔天我没有和信江见上面。

"金佳人，"我拍打窗户，"妳在哪里？"

死亡的恐惧再度笼罩着我，我每天过得浑浑噩噩，连自己是生是死都不清楚，以致当重回人间，我气不打一处来。

"妳怎能这样？说好一个晚上，怎么又不讲信用？"说完，我冲向饮水机，咕噜咕噜喝下至少一升的水，也难怪，我的喉咙干燥地犹如龟裂的旱地。

"对不起，这次的确是我的错，本来想一鼓作气把事情给解决了，谁知半路杀出个信江，他硬要我回家唤妳出去见面。真是的，只差一步朴彬就要开口说爱我。"

我打开窗户往外看，信江果然在楼下，他也正看着我，似有千言万语。

"你等着，"我对他喊，"我马上下来。"

说完，我转身推门而出，不理会屋内的那个婊子。

～

我们又站上棒球场二垒手的位置，信江的貔貅挂件钥匙扣照旧被我扔向本垒。

"五天不见，我挺担心妳的。"

"还好被你救，再晚个半天，我不是饿死就是渴死。"

信江说他原以为四天前就能与我举杯庆祝，没想到又多等了这么多天。

我问庆祝什么？

他答庆祝我脱离姐姐的魔掌，因为朴彬已经开口对金佳人表达爱意了。

"你确定？"我太惊讶了。

"没错，他还说没想到金佳人会因为一句'**I love you.**'哭得稀里哗啦。"

我细思极恐，既然已经达到目的，姐姐为什么不及时回来？

"你是如何说服金佳人回到公寓？"我问男友。

"我告诉朴彬妳和金佳人是姐妹关系，而妳已经好几天没去上课，一旁的金佳人听完马上表示会好好批评一下自己的妹妹。我假借送笔记的名义请她带路，金佳人拖拖拉拉就是不愿意，要不是朴彬开口，估计她还不愿回公寓。"

知道实情后，我万念俱灰。

"圆圆，有时人得先为自己着想。"

"你到底想说什么？"

男友欲回答，我反倒阻止他说，怕把他拉下水来。

"我累了，想回去。"我说。

"走吧！我送妳。"

然后我们各怀心事地踏上归途。

我把家里的镜子全拆了，连携镜的粉底也扔了，但如同姐姐所言，只要这个世界上还有镜子，我摆脱不了她。

"妳以为妳摆脱得了我？"金佳人问。

"我是摆脱不了妳，但至少回到家我能清静一下。"我边跑边答，已经管不了路人对我投来的好奇眼光。

"圆圆，妳也不想想我对妳多好，除了……我从未背叛过妳。"

这也是我的纠结之处，如果不是过去的记忆太美好，我早终结这场恶梦。

"回答我，朴彬是否已经开口说爱妳？"我问。

"没有，所以计划还得进行。"

我从龙头市场跑向普门市场，再绕道高丽大学理工学院才把那股气给压下去。

"妳怎么不说话？"姐姐问。

"如果我想终止协议，妳怎么想？"

金佳人答那是不可能的事，除非我想失去所有，包括我身后的那个男人。

我边跑边向后看，信江在我身后五大步远的地方，他也戴着耳机，表情非常严肃。

"听着，"我对金佳人说，"家里的镜子都被我撤了，加上这么早商店还没开门，妳先就近找面镜子待着，待会儿我会跟信江借钥匙扣，他的钥匙扣底部有面镜子。记住，一定得待在镜子里待命直到我唤妳，否则今天我就不换身了。"

"没问题。"说完，她躲进路口的转角镜里。

从高丽大学到我家不到一公里，正常的情况下跑步大概需时十分钟，但今日的我硬是花了两倍的时间，原因是我下不了决定，还好信江也配合我的跑步速度，不致加大我的压力。

"对不起，今天我的体力不佳。"回到公寓楼底下，我说。

"没关系，"他递过来他的貔貅挂件钥匙扣，"我留在这里等妳下楼。"

"你……"我吓得目瞪口呆。

他把他的耳机取下，刹那间，我全明白了。

"好，你等我，千万别走开。"

第五十九章/无可奈何（完结篇）

我叫金圆圆，金圆圆就是我，认识我的人通常会喊我一声"副镇长夫人"，但背地里乡里乡亲总喊我"包子"，这还算符合实情（后面会解释），听起来也不那么逆耳，但其他绰号诸如肥圆、月半、猪头、肉墩、卡门、五花肉……这也太不友善了，但我乐呵呵地一笑而过。

"圆圆呀！妳少吃点儿，好歹也是副镇长夫人，得留意形象。"母亲说。

晚餐桌上有魔芋鸭块、洋葱沙嗲鸡、炖泥鳅、百合西芹菜、清炒苦菊、牛尾汤等，都是我做的。

"福福泰泰有什么不好？"我吃下一尾泥鳅，"代表在信江的带领下，这个小乡镇越来越富足了。"

"呵呵！与其说在我的带领下，倒不如说我有个贤内助，若不是圆圆，我还是个小科员，再说，我一点儿也不觉得自己的老婆胖，她想吃什么就吃什么。"

难得我的老公有大度量，换成别的男人，早掩面哭泣了。

见女婿表态，父亲转对母亲说："老太婆妳就别瞎操心，儿孙自有儿孙福，省点儿力气明天好上课。"

讲到上课，父亲和母亲已被本镇聘为荣誉讲师，虽然薪水只有若干，还不够付来回的打车费，但两老甘之如饴，毕竟当钱多到某种程度，只是一串数字而已，他们更享受"被需要"的过程。

哎！既然话都说到这里，我索性把事情的来龙去脉全交待清楚。

想当年信江被派到这个已经连续数十年蝉联贫困县的贫困镇，我哭了好久，因为租来的房子连个冲水马桶也没有。父母一听说住的条件如此恶劣，就想花钱帮我解决，被我给拒绝了。

"信江是个领导，首先得和居民同甘共苦，不是吗？"我是这么对父母说。

"难道妳打算蹲便坑蹲一辈子？"父亲问。

这无疑当头棒喝！

既然不愿蹲便坑蹲一辈子，那么只能让家家户户都用得起冲水马桶。我脑筋一转，有了点子，何不让乡亲们学做包子？现成的师傅便是圆圆包子铺的老板和老板娘。

想到手工包子最讲究保鲜，为此信江还成立运输大队，确保顾客收到的包子都是当日现做。口耳相传下，如今这个小镇已是远近驰名的特色镇及模范镇，每年还举办包子节，吸引全国各地的游客纷至沓来，民宿也像雨后春笋般涌现。

至此，信江终于摆脱"贫困镇副镇长"的称号，带领居民走向小康。

"还喝牛奶吗？"上床前，信江问我。

"当然，专家说上床前喝杯牛奶有助睡眠。"我答。

然后老公到楼下取牛奶，和往常一样，除了牛奶，他还会送上几片饼干，好让我的一天圆满结束。

"你的年底总结写完了没？"我在卧室的小桌子前坐下，边吃边问，省得床上到处是饼干屑。

"快写完了，这都得感谢副镇长夫人及岳父岳母的鼎力支持，让本人今年的工作顺利完成。"

"贫嘴！"我睨了床上的老公一眼。

"对了，忘了告诉妳，朴彬打算上这里玩玩。"

"朴彬？"我喃喃道。

"妳忘了？就是那个英语说得比韩语好的帅哥。"

哎！我怎么可能忘了？

"他还好吗？"我问。

"应该很好，这次前来除了叙旧，他还想亲自送喜帖给我们，听说新娘子是个不食人间烟火的诗人。"

我很想问女诗人长得像不像"她"，但忍住没问。

"吃完了，"我拍拍身上的饼屑，"我去刷个牙，你先睡，别等我。"

我把房门轻轻带上，本来应该下楼，但我却往楼上的小阁楼走去。

在一堆杂物中，我很快找到那个牛皮纸袋，把里面的东西取出后，就着月光，左上角的朴彬依旧一脸青涩。

我用手指推了推照片正中央那张《海绵宝宝3》的电影票，还好，**502**胶水信得过。

"对不起。"我像往常一样说着同样的开场白，"最近好吗？我爸妈今天来了，我妈还要我少吃点儿，她不知道惟有吃成大胖子，我内心的愧疚才会少一些……"

我对着照片叙叙叨叨，但没提朴彬即将结婚的消息，怕姐姐听了伤心。

"就这样了，下次再聊！"

我把照片小心翼翼地放回牛皮纸袋内，再把它塞进角落的箱子里，然后下到二楼，当看到漆黑的走廊上闪过一道白光，我不寒而栗。

"圆圆，"信江拿着手电筒走过来，"停电了，妳去哪里？老半天不见妳回房。"

"我……我……"我站在楼梯上手足无措。

"真是的，我不介意妳胖，下次不需要跑到阁楼偷吃。"

"知道了。"我点头。

回房后，我很快入睡。梦里，我看见金佳人，她依然貌美，只是不太清晰。

"救我！"她喊，眼眶里盈满泪水。

我用力睁开眼，看见屋内一片光亮，耳中传来窗外的鸡鸣及鸟叫声。

"信江～"我喊。

无人回应。

我掀开被子走出房外，恰巧看到老公从阁楼走下来的身影。

"突然想看小说，"他扬了扬手上的书，"还好找到了，也许吃早饭前还能翻看几页。"

我听到楼下炒菜锅与锅铲碰触的声音，想必母亲已在厨房里忙活。

"看完跟我分享。"我说。

"当然。"

看信江走进书房并且关上房门，我上到阁楼，发现牛皮纸袋还在，我松了一口气，然而……

我冲进书房，信江坐在书桌前背对着我。

"这里有一段话可以跟妳分享：我一直认为人性应该是美好的，只是因为很多无可奈何的原因，人们才会做出一些无可奈何的事情。"他说。

"是无可奈何吗？"我困难地问。

"是的，无可奈何。"

沉默半晌后，我说："早餐应该准备好了。"

"看来只能读到这里，"他合上书，起身，"走，我们一起去吃早餐。"

我和他并肩下楼。

《完结》

【看不够吗？B杜的《我在苏黎世等风也等你》正等着您，以下是前三章，先睹为快。】

《我在苏黎世等风也等你》

第一章/居住在瑞士的姑姑

你没有察觉到的事情或许会变成你的"命运"。

—荣格（瑞士心理学家）

我站上发球区，深吸一口气后将球往上抛，等它落入挥拍区，我沿小黄球的中下部向左上部擦去，这种发球法叫"美式旋转发球"，需要仰赖身体的腰部力量，优点是爆发力强，对手不易截球；缺点是稍有不慎极易造成扭伤，好比现在，我哀叫一声后，躺在球场上动弹不得。

"顾小姐，妳还好吧？"我的陪打教练跑过来关心。

"还行，让我躺一下，几分钟就好。"

时间一下子回到14年前，当年和小伙伴打完球，我也像此刻一样躺在地上仰望蓝天白云，不同的是彼时是杂草丛生的克难球场，手里拿的是二手球拍，不像现在，上的是网球会

293

所，手里拿的是**Prince 7TY23**，而陪打教练的要价一小时高达**400**元。

等我休息够了，从地上爬起，教练问我还继续吗？

"不了，今天就到这里吧！"我答。

回到储物区，我把柜子里的耐克运动袋取出，然后上洗澡间淋浴，这里提供的是欧舒丹的洗护用品，连香氛也带着淡淡的柑橘味。

沐浴完毕，我上茶室喝茶，穿着藏青色格纹旗袍的女服务员问我要不要试试新进的雪域金丝茶？它具有抗病毒、调理肠胃、改善代谢等功效。

听着很像老年养生茶，我不过是个大学刚毕业的女生，喝这个未免太未雨绸缪？所以像往常一样，我一边喝着养颜美容的玫瑰花茶，一边欣赏园内的花团锦簇，同时聆听来自水幕墙的潺潺流水声，享受一方的宁静。

离开会所后，我开着**Mini**回家，不过十分钟的路程，我却开了半小时，因为还得上干洗店拿母亲放在那里的孔雀七彩印花连衣裙，好让她和闺蜜打牌时不丢脸。

说来奇怪，我记得小时候的家境很一般，住的是五十平米的公寓，无私家车代步。也难怪，当时父亲不过是个文员，母亲偶尔接个手工活，做做塑料花什么的。事情的转折发生在小学五年级的时候，某天放学回家，我被告知即将搬家，同时转学到有外教授课的实验小学。

我不止一次对我家的突然富贵产生怀疑，譬如那三百多平米的大别墅及地下车库停放的豪车。父母给我的解释是中了体彩大乐透，然而我并不买账，因为早期的彩票奖金不若现在可观，能买个二手公寓或国产车已经很了不起，除非我家连续中奖好几期，而这无异天方夜谭，不是吗？

当然，这种怀疑只是偶尔才会爬上心头，大部分的时间里我只关心课业。我的父母虽然文化水平不高，但对我的教育很用心，尤其少了为五斗米折腰的名目，他们使劲烧钱，让我上遍大大小小的补习班及兴趣班，还好钱没白花，最终我进了**985**名校，学的是热门的会计专业，最近正准备**ACCA**（国际注册会计师）考试，因为我的理想是进入四大会计师事务所，那非得优秀不可。

兜兜转转后，我把车停进地下车库，拿上母亲的"战衣"上到一层。

"妈，会所问要不要续费？再续打九折，同时还能享受他家新增的私家水疗**SPA**。"我边说边把衣服交给家里的阿姨，让她挂在通风处，待上面的干洗溶剂挥发后再让母亲穿上。

"不续了，"母亲向我招手，"宛宛，过来坐下，妈有话跟妳说。"

我在拥有世界上最舒服沙发美誉的**Flexform**上坐下，左手边是原本身材瘦小，后来成了富贵相的母亲；右手边是原本谨小慎微，现如今气场十足的父亲。

"妳姑姑，"母亲看了父亲一眼，父亲索性躲进报纸里，"妳姑姑想见见妳，妳准备一下，后天晚上动身。放心，机票已经帮妳买好，签证也加急办理，**48**小时能出签。"

我的姑姑指的是我爸的亲妹妹，两人相差十岁，听说从小就是个学霸，选择到免大学学费的德国留学后，辗转去了瑞士，除了逢年过节会打个越洋电话问候一声外，基本无消无息。对于这个从未谋面的姑姑，我挺有好感的，因为每年生日我都会收到她的礼物，小时候是玩具，大了就送高科技产品，譬如去年生日她送我的是带摄像功能的无人机（我挺怀疑她知不知道时下女生喜欢什么）。不管如何，拿人的手短，我对她只有五星好评，没有差评。

然而今日听说姑姑要见我，而且火急火燎，连机票都买好了，我没有欣喜，更多的是抗拒。

"不行，两个礼拜后有**ACCA**考试，错过还得等半年。"
我说。

"考试错过了还能再考，人错过了就什么都错过了。"
妈答。

"人错过了？莫非……"

"不是妳姑姑，是妳姑丈，那个德国佬突发脑梗塞，已经一命呜呼了。"

我感慨世事无常，姑姑真可怜！

母亲说既然同情姑姑就该飞去安慰安慰她，她也四十好几，身边没个亲人，的确可怜！

就我所知，姑姑和姑丈虽然结婚近二十年，但膝下犹虚，这大概是她疼爱我的原因，因为我们顾家第三代就只有我这个独生女。

"那……好吧！"我答，心想还得带上考试用书，万一提早回来，也许赶得上参加考试。

秦平一听说我要飞瑞士，如丧考妣。

"也不是一定缺考，我还带上考试用书呢！"我解释。

"说好一起参加考试、一起申请四大会计师事务所的工作，怎么说变卦就变卦？"

我只好将姑姑的情况据实以告。

"生老病死，人之常情，我能理解，但妳毕竟是晚辈，又逢重要考试，难道不能让妳父母先飞过去，等妳考完后再会合？"他问。

这也是我无法理解的地方，我的父母只打算让我只身前往，而且马上！

秦平说这就是症结所在，我的父母不喜欢他，所以借故将我支开。

"不会的，要支开早支开了，何必等上三年？"我说。

我是大一下学期和秦平好上，他是"别人家的孩子"，不仅年年拿奖学金，对我更是体贴入微。我父母向来喜欢"好学生"，本来这是水到渠成的事，但一听说他来自农村，惟一的姐姐还智障，立马投反对票。我是阻力越大，助力也越大，他们越不赞成，我越要捍卫我们的爱情，所以一路走来，我就认定秦平，对其他男生投来的爱慕眼神视若无睹。

"可是……"

"没有可是，你还不明白我的心意吗？"我问。

他笑了笑，问我今天还一起念书吗？我答当然。

然后我们携手走向学校图书馆。

第二章/奇遇

北京飞苏黎世没有直航的班机，我得在伦敦重新办理值机及行李托运，还好父母帮我买的是商务舱，至少整个航程可以少受罪。

我在安检口的右侧听完父母的叮嘱后走向左侧。

"瑞士讲什么语言？"秦平问。

这个问题我查过，瑞士是个邦联国家，基於尊重，各州人民保有选择语言的权利，也就是说德语、法语、意大利语均属于官方语言，除此之外，他们还有自己的语言—罗曼什语。

秦平又问我的语言不通怎么办？

我笑笑答自己又不是长久居住，安慰完姑姑即回，管他讲什么语言，再不济还有翻译软件。

他仍不放心，说他有不祥的预感，也许……也许我再也不回来了。

我摸摸他刚剃完胡髭的脸颊，答："我一定回来，不然谁帮你刮胡子？"

话一说完，他拥我入怀。

"宛宛，该进去了。"母亲在相距十米远的地方喊。

"进去吧！"秦平让我离开他的怀抱，"到了给我发个信息。"

想到就要和他相距半个地球，我突然感伤，万一中途有个空难什么的，岂不是天人永隔？

"平，我怕。"

"别怕，有我，我等着妳回来。"

我看着他的眼，虽然隔着镜片，依然闪着星星，那是我的，只属于我一人。

"答应我，绝不看别的女生一眼。"我说。

"我答应妳。"

"偷偷看也不行。"

他笑了，答："除了宛宛，看别的女生时我会把眼镜摘下来。"

秦平有六百度近视，没了眼镜，视力下降非常明显。

这次换我笑了。

他摸摸我的头，俯首给我一个吻，轻轻的。

"宛宛，该进去了。"这次是父亲，他在相距十米远的地方喊。

"进去吧！我等妳回来。"秦平说。

此时我才真正感觉离情依依，三步一回头，看看左手边的父母；再看看右手边的男友，最后狠心一入关，让泪水在眼眶里打转。

14个小时后飞机终于抵达伦敦，拿上行李，我直奔柜台。接下来的这个航班飞往日内瓦，中转苏黎世，因为是短程航线，飞机是小飞机，商务舱只有三排，每排四个位子（左右各两个）。

由于飞机抵达伦敦时已晚了半小时，加上还得重新值机和办理托运，运气好，总算让我在飞机舱门关上前赶到。

" **Excuse me. This seat is taken.**" 一个混血儿模样的男子告诉我这个位子有人坐。

我抬头确认座位号，的确搞错了，不是右排，而是左排。道完歉，我赶紧坐下。

当空服员进行例行的检查时，我才留意到方才那位男子所说的座位仍空着。

" 好个种族歧视者！因为不愿和黄皮肤的我坐在一起，所以找了个借口。" 我心想，并且对他投去怨恨的眼光。

然而这没起到任何作用，因为他一直望向窗外，怀里抱着一个二十厘米立方的白色盒子。

" **Excuse me. Could you ……**" 空服员对他说。

他随即把盒子放在那张原本空荡荡的位子上，并且替它系上安全带。

好奇怪的举动，不是吗？

例行的检查一结束，飞机开始在跑道上滑行，接着升空，当系上安全带的指示灯灭了，那个"种族歧视者"随即解开自己身上的安全带如厕去。我之所以留意到是因为他离座后又蹑回，二度确认盒子安全才离去。

" 原来他不止是个种族歧视者，还是一名强迫症患者。" 我边想边去翻菜单。

虽然只是一个多小时的航程，商务舱还是提供轻食，我得好好选择，是凯撒沙拉配黄油面包还是拉法卷配五彩蔬果？

没等我下好决定，飞机突然以一种左右摇摆的方式往下坠。我吓坏了，尤其耳中传来杂物纷纷坠落的声音，伴随小孩的哭泣，一时乱成一锅粥。

当那个白色盒子离开安全带向我飞来时，基于反射动作，我倾身一拦截，将它抱入怀中。

等飞机一控制住，我看见一个人影匆忙从厕所里跑出来。

"没事，我抱住了。"我对他说。

之所以改用普通话说是因为盒子上有行楷书写的"勿忘"二字，所以我猜想他会使用我的语言。

"谢谢！太感激了。"他接过盒子坐下。

沉默一会儿后，我还是没忍住自己的好奇心，毕竟为了一个盒子买座位的例子很少见，尤其买的还是商务座。

"请问……盒子里装的是什么？"我问。

他看着我，那眼神复杂极了，融合多种情绪，大概科班出身的演员都演不出来。

"对不起，冒犯了，你不想回答也可以。"我找台阶下。

原以为得不到答案，结果他还是回答了："盒子里装的是我母亲，受她之托，此行我将把骨灰洒在苏黎世湖。"

虽然我有很多问题想问，但还是以一句"**I'm sorry.**"了结。

"其实家母已经去逝半年，我是最近才得了年假，等日内瓦的会议一结束，我再绕回苏黎世完成母亲的遗愿。"我没问，但他主动回复我的疑问之一。

看他西装革履，又听说他到日内瓦开会，我当然想知道他是不是重要人物。

"冒昧问一句，你从事什么行业？"我问。

他回答他在英国**Clifford Chance**律师事务所工作（以他无比崇敬的语气，我猜想这家事务所的含金量一定很大）。

"原来是大律师，失敬失敬！"

"不，我只是个事务律师，还不能出庭，不算严格意义上的律师。"

接着他解释从法律系学生到律师事务所合伙人的整个过程，那真是重重考验，比登珠穆朗玛峰还难。

谈话至此，他没有表现出对我有任何猎奇心理，我是说他没问我的职业、兴趣、乘机目的……等，这不免让人泄气，可见我有多么平凡。

"**Excuse me, do you want something to drink before the meal?**"空服员问我们。

他答香槟，我答苏打水。

空服员一走，代表我和他之间的谈话也结束。毫无疑问，等飞机降落苏黎世，我们便各奔东西。

第三章/Hans

我走出关口，很轻易就找到自己的名字。

"我是顾宛宛。"我指着A4纸上工整的方块字说。

"我是Hans，"他上下打量我一下，"Brigitte让我带妳先去店里看看。"

Brigitte? 我问谁是Brigitte?

"她是O-One鱼子酱的老板娘。"他答。

我非常确定自己不认识这么一位成功人士。

"难道接错人了？"他喃喃道，然后拨打电话。

没多久，我听到手机那端传来熟悉的声音，姑姑要我上车，待会儿见。

我有些难为情地把手机还给Hans。

"妳和Brigitte看起来很相像，如果接错了，我恐怕要怀疑人生。"他答。

说来很不可思议，我竟然不清楚自己姑姑的名字以及所从事的行业，其实解释起来一点儿也不困难，那是因为她是长辈，我不可能直呼其名（当然更不会知道她的洋名字），还有，我一直以为她只是个普普通通的家庭主妇，殊不知她还管理着一家商店。

"对不起。"我说。

"我没有责怪之意，请别误会。"他伸手接过我的行李，"停车场有点儿远，得走一小段路。"

~

我以为从机场到市区开车起码一个小时，没想到不到二十分钟便来到繁忙的街道。

"这里是班霍夫大街，据说是世界上最富有的街道，妳若想购物，来这里准没错。"他说。

其实不用Hans多介绍，来之前我已做过功课，知道这条大街位于苏黎世利马特河的西岸，原来是一段旧城墙，1867年拆卸后改建成一条马路，后来发展成为世界上最昂贵的街道，全长1.4公里，由苏黎世火车站前开始，沿着利马特河往南，直至苏黎世湖畔的布尔克利广场为止。大街上除了商店林立，还集中了世界各国的200多家银行，不仅是全球最大的金市，外汇和证券交易量也雄踞欧洲之冠。

"抱歉，我只能开到这里，再往前只有电车能通行。"Hans一解释完，将方向盘来个90度大转弯。

停好车后，我们沿着一个个漂亮的橱窗往前行，街道干净得让人想在上面打个滚，而道路两旁栽种的树木不仅养眼还沁人心脾，因为微风吹过带来叶香扑鼻。

"这里和北京有什么不同？"Hans边走边问我。

我答讲到繁华，北京更胜一筹，但两者的味道不一样。

他又问哪里不一样？

其实我也说不上来，可能是氛围，也可能是路上穿正装的人多了起来，还有，貌似这里的人不太热情。

Hans表示我的观察入微，希望我早点儿赶上这里的节奏，因为**Brigitte**极需帮手。

这也是我的迷惑之处，我才刚下飞机，时差还没倒过来，姑姑就让**Hans**带我到她的店里瞧瞧，一点儿也不体谅人。如果不是之前对她的印象太好，我恐怕要以为这是个不好相处的老女人。

"你说她需要帮手……"

"到了，就是这家。"

我还没问完，**Hans**表示已经到达目的地。

这是一间宽约六米的店面，夹杂在各大奢侈品名店中并不显突出，但别具一格，有种轻奢的质感，我是说口袋里若没有个万把块钱，大概不好意思走进去。

只见**Hans**很自然（毫无扭捏）地推开那扇深褐色大门，跟里面两位高头大马的洋女人打过招呼后便直接无视。

我快速浏览一下，店内的深度不深，右边是展示柜，左边是两张法式圆桌，也许店后还有什么，但表面看不出来。

"顾小姐，这边请。"**Hans**带我走向右手边。

我看见展示柜里有十几个约两公升容量的锡罐，在灯光的照射下，宛如奇珍异宝闪耀着光芒。

"这些都是鱼子酱，"**Hans**站在柜台后，样子像是售货员，" 一般来说，零下2～4度是最佳的保存温度，但这个冷藏柜最低只能达到3度，换言之，如果6～8周内没有售出，这些鱼子酱只能扔掉。"

"有扔掉的例子吗？"我问。

他回答没有，倒是时不时需要补货，这也是店后设置大冷冻柜的原因。

我因而得知这个店比我想象得大，因为还得放下一个冷冻柜。还有，听说鱼子酱很贵，看来在瑞士是大众食品，人人都吃得起（否则不会销售得如此迅速，不是吗？）。

我指向展示柜里一罐黑不溜秋的鱼子酱，随意问起价钱。

Hans 没回答我，反而将它取出来放在浅黄色的大理石台面上，然后用一根木制小勺挖出一勺放在我的手背上，示意我用舌头舔着吃，我照办。

该怎么形容呢？粒粒完整的鱼子在口中被压碎后，一股腥味瞬间在嘴里蔓延开来。

"喜欢吗？"他问。

"不太喜欢。"我诚实回答。

"那真可惜，妳刚把 **100** 欧元吞下肚，却无法欣赏它的美味。"

100欧元？不会吧？！就这么点儿也要七、八百元人民币？

然后**Hans**告诉我这是白鳇鱼子酱，母鱼需费时15年才能产卵，取卵之后的十几道工序必须一气呵成，务必在15分钟内完成（否则有损风味），接着送进冷冻柜保鲜，如此天然、娇贵、既费时又费力的稀有物当然身价不菲，说是"黑珍珠"，一点儿也不为过。

"这些鱼子酱都是我姑姑制作的吗？"我问。

"不，当然不是，"他笑了，"制作鱼子酱需要有臂力的专业人士，**Brigitte**太瘦弱，现在更是不行。"

我很想问为什么现在不行？此时店里走进来两位富太太模样的华人，**Hans**对我说了声对不起后，堆起笑脸迎上前去。

作者介绍

在异国的背景下加入缠绵悱恻的爱情故事是B杜小说的一大特点，她的文笔清新、笔触诙谐、画面感很强，读完小说有种看完一部爱情偶像剧的感觉，特别适合怀春少女及对爱情有憧憬的女性阅读。

B杜创作了一系列异国恋情N部曲，包括《法兰西情人》、《东瀛之爱》、《新西兰之恋》、《英伦玫瑰》、《爱在暹罗》、《情定布拉格》、《狮城情缘》、《爱上比佛利》、《梦回枫叶国》、《早安，欧巴》……等作品，欢迎关注。

Also by B杜

《早安，歐巴》（繁體字）Love in Korea（traditional character version）

《东瀛之爱》Love in Japan
《法兰西情人》Love in France
《英伦玫瑰》Love in England
《爱在暹罗》Love in Thailand
《情定布拉格》Love in Prague
《狮城情缘》Love in Singapore
《爱上比佛利》Love in Beverly Hills
《新西兰之恋》Love in New Zealand
《梦回枫叶国》Love in Canada

9 781913 080464